Haruki
Murakami

去中国的小船

中国行きのスロウ・ボート

［日］ 村上春树 著

林少华 译

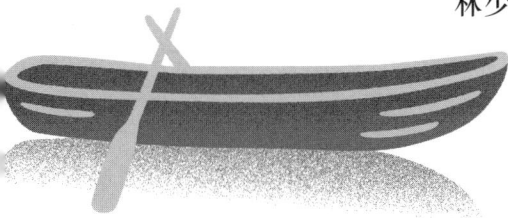

上海译文出版社

目 录

"去中国的小船"搭载的是什么

《去中国的小船》。

"去中国的小船"搭载的是什么？村上开门见山地援引旧时歌谣："只坐你我两人，船儿永借不还……"这是作者本人给予的答案，但毕竟是引子，未必可以当真。还是让我同样开门见山地引用一位日本女作家给予的答案：

> 《去中国的小船》是村上最初的短篇集。常说处女作包含了一切，的确，这部短篇集描写了迄今为止村上文学世界的所有要素——《寻羊冒险记》之"物语"膨胀力，《世界尽头与冷酷仙境》之对于自我解离的恐惧，《电视人》之硬质，《奇鸟行状录》之徒劳感，《斯普特尼克恋人》之空虚的永恒性……无所

不有。有的堂堂正正、有的蹑手蹑脚地隐身于语言背后搭上这
条小船。（小川洋子：《想翻开〈去中国的小船〉的时候》，载
于《EUREKA》2000 年 3 月临时增刊号）

作为我，自然更倾向于采纳第二种答案。虽说"无所不有"未
免言过其实，但不容否认，村上这部最早的短篇集确实同其长篇处
女作《且听风吟》一样，可以从中推导村上文学之船所搭载的诸多
内容及其日后航向。

短篇集收有七个短篇，作为单篇的《去中国的小船》写于 1980
年，即完成《且听风吟》的第二年，是村上第一个短篇。同后来的
《象的失踪》和《再袭面包店》等短篇相比，可能不是最出色的，
但无疑是最具个人色彩或"私人性质"的一篇。1983 年连同其他六
个短篇结集出版时特意以此篇作为书名，从这点也可看出作者对这
一短篇的珍视之情。

2003 年 1 月我在东京同村上见面的时候，关于中国和中国人我
和他有过这样一番对话：

林：从您的小说或从您的小说主人公身上可以感觉出您对中国、中国人的好感，这在某种程度上也是作品深受中国读者喜爱的一个原因。您的这一心情是如何形成的呢？和中国人实际接触过么？

村上：在美国的时候，我时常和韩国的、大陆的、台湾的留学生交谈，不过总的来说中国人还不多。同他们谈起来，觉得读者——美国的、欧洲的、韩国的、中国的读者反应有很大差别，这种差别非常有趣。我的小说常有中国人出现。《奇鸟行状录》有不少战争时候的 hard（酷烈）场面，我还真有点儿担心中国人读了恼火。

我是在神户长大的。神户华侨非常多。班上有很多华侨子女。就是说，从小我身上就有中国因素进来。父亲还是大学生的时候短时间去过中国，时常对我讲起中国。在这个意义上，是很有缘份的。我的一个短篇《去中国的小船》，就是根据小时——在神户的时候——的亲身体验写出来的。

翻开这个短篇，里边确有相应的描述："高中位于港街，于是我周围有了不少中国人……我所在的班上也有几个中国人。成绩有好的，也有不好的；性格有开朗的，也有沉闷的；住处有堪称气派的，也有光照不好的一个六张榻榻米大小的房间且厨房亦在里面的，各种各样。"特别值得注意的是，村上明确表示这个短篇是根据小时的"亲身体验写出来的"。也就是说，作为创作或许出于心血来潮，但并不纯属虚构。那么，究竟是怎样的体验或者作品中传达的体验是怎样的呢？下面就通过"我"遇上的三个中国人来梳理一下。

"我"遇上的第一个中国人是中国人小学里的中国老师。"根本看不出他是中国人"，但可以看出左腿有一点点跛，且跛的方式极其自然。他在对前来应考的日本小学生们开口讲话之前，"手像支撑身体似的挂在讲桌两端，直挺挺扬起脸，望了一会天花板……紧张的小学生大气不敢出地盯视桌上的试卷，腿脚不便的监考官目不转睛地望着天花板的一角。"作为教师，跛脚虽令人意外，但作派是较为常见的。开口讲话后给人的感觉至少可以归纳出两点：一是认真，认真交代考试注意事项，认真叮嘱不要往桌面乱写乱画和往椅子上粘口香糖；二是诚恳，诚恳地诉说中日两国应该友好相处和怎样才能友好相处，诚恳地提醒日本小学生要挺起胸并怀有自豪感。后一点想必出自他作为男人在异国他乡谋生的人生体验。诚恳的话语总能打动人，所以二十年后早已忘记考试结果的"我"仍能想起这个中国老师和"抬头挺胸满怀自豪感"。不料，明明曾和"我"在同一考场考试的一个日本女孩——"我正恋着她"——却不记得了。

"监考老师是中国人？"

她摇头道："记不得了。想都不会想到那上面去的。"

"没有乱写乱画来着？"

"乱写乱画？"

"往桌子上。"

她嘴唇贴着杯口，想了一会儿。

"这……写过画过没有呢？记不清了。"说着，她微微一笑，"毕竟是以前的事了。"

……

我们沉默了一会儿。

"没有乱写乱画？想不起来了？"我又问了一次。

"跟你说，真的想不起来了。"她笑着回答，"给你那么一说，倒也好像那么做来着。终究是很久以前的事了……"

同样在那间临时作考场的教室同样听了中国老师诚恳的叮嘱和鼓励，"我"时隔二十年而仍能想起，但"我"正恋着的女孩则"记不清了"、"真的想不起来了"——这种与主人公的"想起"同时存在的淡忘与诚恳的错位，可以从中隐约读取村上对中国人怀有的——或村上认为日本人应该对中国人怀有的——愧疚之情。东京大学中文系教授、鲁迅研究专家藤井省三认为可以归结为"我"对于中国人的"原罪意识"，并认为这部分即"第二节同鲁迅的《藤野先生》有相似的结构"。鲁迅对"最使我感激给我鼓励"的藤野先生"竟没有寄过一封信和一张照片"，为此感到愧疚，不妨说"背叛"了藤野先生；"我"的女友那种淡忘不妨视为对中国老师诚恳叮嘱的"背叛"。就此而言，藤井教授的看法有一定道理（藤井省三：《村上春树心目中的中国》，朝日新闻社，2007 年 7 月版）。

这种愧疚心情没有就此终止，于是在第三节出现了"我"认识的第二个中国人。这时“我”已大学二年级了，对方同样是大学生，女大学生。两人是在一家小出版社仓库里打工时认识的。中国女孩同样十九岁，个子不高，长相说漂亮也并非不可。“她干活非常热心”，并且她的热心不是一般的热心，而“大约属于迫近人之存在的根本那一种类”。由于太热心了，以致工作中“任何人都在所难免”的一点点差错就使她陷入了长达三十分钟的精神危机——“一条小小的裂缝在她的头脑中逐渐变大，不一会竟成了无可奈何的巨大深渊，她一步也前进不得。她一句话也不说，完全一动不动地呆立在那里，那样子使我联想起夜幕下缓缓沉入大海的轮船。”三个星期后打工结束时，“我”邀这个中国女孩跳舞喝啤酒。夜晚在电气列车站送她上车后好一阵子我才意识到：“我”把她送上了方向相反的列车！“我”在另一车站见到她时，已快半夜了。“我”一再向她解释，以求得到她的谅解。

　　她又一次把额前被泪水打湿的头发拨往一边，有气无力地淡然笑道：“可以了，这里终究不是我应在的场所，这里没有我的位置。”

　　我不知道她所说的场所是指日本这个国家，还是指在黑漆漆的宇宙中绕行不止的这个岩体。我默然抓起她的手放在自己膝头，再把自己的手轻轻放上去。

　　本来，"我"由于同原先的女友关系"也不似以前那样融洽了"，很有可能同这位中国女孩发展恋爱关系，并且我也让她告诉了电话号码。不料女孩再次上车几个小时以后，"我"意识到那天夜里自己犯下的彻底致命的第二个错误："我竟把写有她电话号码的火柴盒连同空烟盒一起扔掉了。我四处找得好苦……那以后我再没见到她"。对此，"我"当然十分愧疚——主人公在见到第一个中国人时通过"尾声"间接传达的淡淡的愧疚感在这里变得刻骨铭心。亦如藤井教授在其专著《村上春树心目中的中国》所说："对于中国人的原罪意识这一主题，在回忆大学时代的第三节也得到了重复。"

　　最后看一下"我"遇见的第三个中国人：

　　　　对方面孔没有印象，年龄与我相仿，身上一件藏青色轻便西服，配一条颜色谐调、规规整整的领带，一副精明强干的派头。不过，哪一样都给人以多少磨损了的感觉。倒不是说衣服旧了或显得疲劳，单单磨损而已。

如果说第一个中国人给"我"的印象是诚恳，第二个中国人给"我"的印象是热心，那么不用说，第三个中国人给"我"的印象便是"磨损"。此人是"我"高中时代的同学，工作是走街串巷推销百科事典——仅仅向中国人推销——但年已二十八的"我"一开始怎么也想不起来。后来好歹想起来了，"依我的记忆，他并非干百科事典推销员的那个类型。教养不差，成绩也应在我之上，在女孩子里想来也有人缘。"然而他现在混得不好，没有固定工作，人生的弧线显然正在下滑，精明强干的派头掩饰不了"磨损"的窘况。尽管如此，对于他"我"还是"不明所以地觉得亲切"，分手时"我想对他说句什么，因我想恐怕很难见到他了。我想对他说的是有关中国人的，却又未能弄清到底想说什么。结果我什么也没说，说的只是普通的分手套话。"较之在前两个中国人身上产生的程度不同的愧疚以至"原罪意识"，对第三个中国人感到的更是一种不释然。愧疚和不释然，我想这应该是他对这三个中国人所怀有情感的基调。而这无疑——如村上自己所说——源于从小身上就有的"中国因素"和"亲身体验"。这也是村上作品中常有中国人出现的一个起因。

不过，日本批评家不这样看。如青木保认为："这篇小说跟中国人本身可以说毫无关系。他们不过在主人公从 60 年代到 80 年代所走的道路中充当了里程碑的作用……当《去中国的小船》曲终人散后，一个时代开始了。有那么一刻，我们也不禁想起我们自己人生旅途中的相似路途。"（杰伊·鲁宾：《倾听村上春树——村上春树的艺术世界》，冯涛译，上海译文出版社，2006 年。原题"Haruki Murakami and Music of Words"）筑波大学教授黑古一夫也持大体相近的见解，认为这里的"中国"不过是个隐喻（metaphor），借以表明村上的"状况认识"，即便不是中国而是美国、俄罗斯也毫不碍事（黑古一夫：《村上春树——由"丧失"的物语到"转换"的物语》，勉诚出版社，2007 年 1 月版）。公平地说，这样的评论主要出现在 20 世纪 80 年代，有中国人出场的村上作品还没有那么多，很难综合判断。因此，有此看法也是可以理解的。

那么，除此之外，"去中国的小船"还搭载了什么呢？

其一，之于村上的中日关系。这是借中国老师之口说出的："中国和日本，两个国家说起来像是一对邻居。邻居只有相处得和睦，每个人才能活得心情舒畅……两国之间既有相似之处，又有不相似之处，既有能够相互沟通的地方，又有不能相互沟通的地方……只有努力，我们一定能友好相处。为此，我们必须先互相尊敬。"

其二，之于村上的中国："我读了很多有关中国的书，从《史记》到《西行漫记》。我想更多一些了解中国。尽管如此，中国仍然仅仅是我一个人的中国，是唯我一人能读懂的中国，是只向我一个人发出呼唤的中国……（我）坐港口石阶上，等待空漠的水平线上迟早出现的去中国的小船。我遥想中国街市灿然生辉的屋顶，遥想那绿接天际的草原。"

其三，之于村上的城市（城市观）："脏兮兮的楼宇，芸芸众生的群体，永不中顿的噪音，挤得寸步难行的车列，铺天盖地的广告牌，野心与失望与焦躁与亢奋——其中有无数选择无数可能，但同时又是零。我们拥有这一切，而又一切都不拥有。这就是城市。蓦地，我想起那个中国女孩的话：'这里终究不是我应在的场所'。"

　　这部短篇集中还有一篇有中国女孩出现，准确说来有半个女孩的出现——《悉尼的绿色大街》中的查莉。这个短篇最初发表在文学刊物《海》的临时增刊"孩子们的宇宙"上面，从内容来看也大体是童话。"反正钱多得一看就心烦"的主人公"我"百无聊赖之间在"夏天冷得要命冬天热得要死"的悉尼的绿色大街开了私家侦探事务所，因为没有客户，仍然百无聊赖，于是常去比萨饼店同女侍应生查莉聊天。查莉比"我"小几岁，有一半中国血统，是个可爱的女孩。在查莉的帮助下，"我"从羊博士那里为羊男讨回了被揪掉的一只耳朵。"我"本来就非常喜欢查莉，加之查莉在羊博士家中指着"我"说"他是我的恋人"，所以后来"我"开始邀查莉吃饭看电影。看电影时，"黑暗中我想吻她，她用高跟鞋使劲踢我的踝骨，痛不可耐，嘴都未能完全张开"。最后我下了决心，为了同查莉结婚，即使当印刷工也在所不惜。

　　同两年前的单篇《去中国的小船》中的中国女孩相比，这个有一半中国血统的女孩有两点明显不同。一是查莉性格开朗敢作敢为，不是骂羊博士"傻瓜蛋"并且抢起花瓶砸其脑袋，就是一再用高跟鞋踢我的踝骨。二是第一个中国女孩出自作者"亲身体验"，而查莉纯属虚构。由此也可看出村上对中国和中国人怀有微妙复杂、一言难尽的感情。如果说第一个中国女孩身上隐含村上对于中国人近乎 "原罪意识" 的愧疚，查莉所表达的则是真正近乎 "灿然生辉"、"绿接天际" 的遐想，进一步显示出村上对中国和中国人独特、持久的关注和兴致。在此之前有 "青春三部曲"《且听风吟》(1979)、《1973 年的弹子球》(1980) 和《寻羊冒险记》(1982) 中名叫杰的开酒吧的中国人、此后的短篇《托尼·瀑谷》(1990)、超长篇《奇鸟行状录》(1992—1995)、纪实文学《边境　近境》(1998) 和长篇《天黑以后》(2004) 都有中国人出现。

黑古一夫说："村上春树对中国的关心，不是关心中国四千年的历史和'革命中国'，而仅仅局限于身边的中国人。"（出处同前）但我觉得除此之外，中国和中国人还是他反思日本战前那段充满血腥暴力的历史和追问当下日本国家姿态过程中无可回避的因素或 "因缘"，而这正是他对中国和中国人怀有愧疚以至 "原罪意识" 的根本原因。《去中国的小船》虽然没有就此展开，但无疑提示了这种可能性——我以为，这是 "去中国的小船" 所搭载的最为重要的内容。

这部短篇集此外还有五个短篇。其中最为离奇的是《穷婶母的故事》。"我"背上忽然有小小的穷婶母贴了上来。"既不太重，耳后又没有呼出的臭气。她只是如漂白过的影子紧贴在我的后背。若非相当注意，别人连她贴着我都看不出。"为此我受到了很多人关注，还接受采访上了电视，忙得不亦乐乎。如此过了两三个月后，穷婶母悄然从"我"背部离去，和贴上来时一样不为任何人觉察。于是"我孑然独立，活像沙漠正中竖立的一根并无意义的标识"。这篇小故事得到了哈佛大学教授杰伊·鲁宾非同一般的青睐，他在其专著中为此单设一节，以八页篇幅加以论述，认为"村上春树是一个对于用词语凭空从中创造出某样东西这一无可预测的过程充满迷恋的作家"：

> 通过让"我"被"穷婶母"这个词纠缠不放，村上春树实际上塞给我们一个我们从未有过的记忆。他通过发明一个套语使我们自己经历了一种似曾相识的感觉——那个套语在经过数次重复后呈现出一种神秘离奇的熟悉感，直到我们开始认为它就是我们一直都知道但从未真正想到过的一种特殊的表达。村

上通过巧妙地暗示那些我们应该知道却已设法压抑的事物，令他这个新套语成为我们不愿正视的一切事物的代表……或许再没有别的作家——包括川端康成，甚至普鲁斯特在内——在涉及记忆以及再现过去的困难这个问题上做得如村上捕捉这种似曾相识感的直观性这般成功了。（出处同前）

不过作为我，宁愿反复品味其中这样一句话："自不待言，时间将平等地掀翻每一个人，一如御者将老马打倒在路旁。"

《纽约煤矿的悲剧》来自一首同名歌曲，内容同纽约煤矿毫无关系。"我"的一个喜欢动物园的朋友做了一套出席葬礼用的西装，做好后三年来一次也没穿过。"谁也不死。"他说，"说来不可思议，这西装做好后竟一个人也不死。"而"我"二十八岁那年葬礼多得一塌糊涂，"现在的朋友和往日的朋友接二连三地死去，景象宛如盛夏烈日下的玉米田。"于是"我"借朋友那套西装出席葬礼。归还的时候"我"向朋友道歉，朋友说："无所谓。本来就是派那个用场的衣服。担心的倒是衣服里边的你。"年底我参加晚会时见得一位两只手戴三只戒指和"嘴角漾出夏日黄昏般笑意"的女士。交谈之间，女士告诉"我"：她用不到五秒钟时间"杀了一个人——'杀了非常像你的人'"。一位日本研究者认为这部作品表达了我们所在世界是非现实的而死者世界是现实的这一可能性，"村上春树的小说是关于预先死去之人的故事"。（征木高司：《记忆者与被记忆者——和魂洋装的世界》，收录于《HAPPY JACK 鼠的心》，北宋社，2000 年 12 月版）

《袋鼠通讯》大约是这部短篇集中最差的一篇。"我"在一家大商店负责顾客投诉，接到一位女顾客关于唱片的投诉信，"我"从私人角度以录音带形式回了一封信。信中忽而谈"埃及沙人"忽而谈"大的完美性"忽而谈自己唯一的愿望是想同时置身于两个场所——"想和恋人睡觉的同时又同您睡"，最后又一次想入非非，"倘若您能一分为二我能一分为二而四人同床共衾，那该何等妙不可言！"便是这么一个短篇，主题无所谓主题，情节无所谓情节，说是无聊之作也不为过。唯一的可读之处或许是其文体的新颖。试举三例：

◎我们从早到晚都被人家的投诉追打得叫苦不迭，简直像有饥不可耐的猛兽从后面扑咬我们。

◎这岂非极不公平？我连裤头都退了下来，您却只解开衬衫的三个纽扣。（比喻）

◎老实说，我非常不满意，觉得自己好像是一个误使海驴死掉的水族馆饲养员。

《下午最后的草坪》写一个大学生在打工的最后一天修剪最后的草坪的故事。"我"在一家草坪修剪公司打工，别人剪得马虎，"我"剪得细心，别人喜欢在近处剪，"我"喜欢去远处。挣的钱原本打算同女朋友旅行，没想到对方突然说她有了新的男朋友，提出分手。结果"我"挣的钱派不上用场了。在辞工之前最后一天"我"去郊外一户人家修剪"下午最后的草坪"。剪完后女主人让"我"上楼看可能是其女儿的房间，看立柜里的衣裙，看抽屉中的杂物，并让"我"猜想曾在房间生活的女孩……故事情节很简单，但写得韵味绵长。开头引用过的女作家小川洋子在同一篇文章中认为这部小说集中这个短篇写得最好，"再没有事实如此明确证明小说这一体裁的魅力……全篇笼罩着死亡气息。死者一个也没出场，然而谁都逃不出死亡气息。"黑古一夫说作品显示了村上的工作观、劳动观，"不妨认为，工作是工作、娱乐是娱乐这种将工作和娱乐分别看待的欧美式生活方式是村上春树读者多为年轻人的一个主要原因"（出处同前）。唐户民雄则认为"是追求'人之存在理由'的故事，是村上典型的一篇"（《村上春树作品研究事典》，鼎书房2001年6月版）。

作为我，最感惬意的毋宁说是其中关于夏日风情的洗练描写，字里行间弥散着一股淡淡的乡愁：

◎途中我把车窗全部打开。离城市越远，风越凉快，绿越鲜亮。热烘烘的草味儿和干爽爽的土味儿扑鼻而来，蓝天和白云间的分界是一条分明的直线。

◎要去的那户人家位于半山腰。山丘舒缓，而势态优雅。弯弯曲曲的道路两旁榉树连绵不断。

◎窗外是徐缓的斜坡，从斜坡底端升起另一座山丘。翠绿的起伏永远延伸开去，宅院犹如附在上面一般接连不断。

◎阳光在我四周流溢，风送来绿的气息，几只蜜蜂发出困乏的振翅声在院墙上头飞来飞去。

读着读着，我竟也想去剪草坪了，剪草坪是那样美妙——村上就是有这个本事。

《她的埋在土中的小狗》作为故事来说，我想应该是这部短篇集中最有趣的，既有推理小说因素，又有"分析疗法"色彩。至于具体如何有趣，这里就不介绍梗概了——任何梗概都不可能有趣，评论更是有趣的杀手，还是请诸位读者朋友自己去慢慢品味好了，妙趣自在其中。

林少华

2005 年 5 月 24 日午于窥海斋

时青岛槐花如云蔷薇似锦

去中国的小船

很想让你坐上

去中国的小船，

只坐你我两人，

船儿永借不还……

——旧时歌谣

1

遇上第一个中国人是什么时候呢？

这篇文章将从这一可谓考古学式的疑问开始。各种各样的出土
文物被贴上标签，区分种类，加以考证。

遇上第一个中国人是什么时候呢？

我推定是一九五九年或一九六〇年，哪一年都没错，准确地说，全然没错。一九五九年和一九六〇年对于我就像是穿同样奇装异服的双胞胎。即使真能穿越时光隧道倒回那个时代，我恐怕也还是要费好大力气才能分清孰为一九五九年孰为一九六〇年。

尽管如此，我仍在顽强地进行这项作业。竖坑的空间得到扩展，开始有——虽说少得可怜——新文物出土。记忆的残片。

不错，那是约翰逊和帕特森争夺重量级拳击桂冠那年。记得从电视上看过两人的较量。这就是说，去图书馆翻阅旧新闻年鉴的体育栏目即可了然，所有疑问都可迎刃而解。

翌晨，我骑自行车来到附近的区立图书馆。

不知何故，图书馆门旁竟有鸡舍。鸡舍里五只鸡正在吃不知是晚些的早餐还是早些的午餐。天气甚是令人舒畅。我先没进馆，坐在鸡舍旁边的石条上吸烟，边吸烟边不停地看鸡啄食。鸡急切切地啄着鸡食槽，那副急不可耐的样子，仿佛早期的快动作新闻纪录片。

吸罢烟，我身上毫无疑问有了什么变化发生。何故不晓得。而在不晓得的时间里，一个同五只鸡仅隔一支烟距离的新的我向我自身提出两个疑问。

一、有什么人会对我遇上第一个中国人的准确日期怀有兴趣呢？

二、阳光充足的阅览室桌子上的旧新闻年鉴同我之间，存在可以共同分享的某种因素吗？

我以为这恐怕是理所当然的疑问。我在鸡舍前又吸了支烟，然后跨上自行车告别图书馆和鸡舍。所以，如同天上的飞鸟没有名字一样，我的记忆也不具日期。

诚然，我的大部分记忆都没有日期。我的记忆力极其模糊。由于过于模糊，有时我甚至觉得自己说不定是在用这种模糊性向别人证明什么。至于到底证明什么，我却又浑然不知。说到底，准确把握模糊性所证明的东西岂非水中捞月！

怎么说呢，反正我的记忆便是这样的极端不可信赖，或置前或颠倒，或事实与想象错位，有时连自己的眼睛同别人的眼睛也混淆起来了。如此情形甚至已无法称之为记忆。所以，整个小学时代（战后民主主义那滑稽而悲哀的六年中的每一个晨昏）我所能确切记起的不外乎两件事，一件是关于中国人的，另一件是某年夏天一个下午进行的棒球比赛。那场比赛中我守中场，第三局弄出了脑震荡。当然并非无缘无故弄成脑震荡的，那天脑震荡的主要原因在于那场比赛我们使用的仅是附近一所高中的运动场的一角——我在开足马力追逐越过中场的高球时猛地迎头撞在了篮球架子上。

苏醒时已坐在葡萄架底下的长椅上，太阳已经偏西，干燥的运动场上泼洒的水味儿和代替枕头的新皮手套味儿最先钻入我的鼻孔。往下就是倦慵慵的偏头痛。我似乎说了什么，记不得了，身边照料我的朋友后来不大好意思地告诉了我。我大约说了这么一句：

不要紧，拍掉灰还可以吃。

如今我已不晓得这句话从何而来。大概梦见什么了吧，或者梦见拿着学校供给的面包上楼梯时失脚跌下去也未可知，因为此外别无可从这句话联想到的场面。

即使在时隔二十年的现在，我也不时在脑袋里转动这句话：

不要紧，拍掉灰还可以吃。

我把这句话定格在脑海里，开始考虑我这个人的存在和我这个人必须走下去的路，考虑这种思考必然到达的一点——死。至少对我来说，考虑死是非常不着边际的作业。不知何故，死使我想起中国人。

2

我之所以到位于港街的高地上那所为中国人子弟办的小学（校名早已忘了，以下姑且称为中国人小学。称呼可能欠妥，望谅），是因为我参加的一场模拟考试的考场设在那里。考场分好几处，而我们学校被指定去中国人小学的唯有我自己，什么原因不清楚，估计是某种事务性差错造成的，因为班里其他人都被安排去附近考场。

中国人小学？

我逢人就问——无论是谁——中国人小学的情况，但谁都一无所知。若说知道的只有一点，就是中国人小学距我们校区乘电车要用三十分钟。当时的我并非能够独自乘电车去哪里那种类型的孩子，因此对我来说，那里实际上无异于**天涯海角**。

天涯海角的中国人小学。

两星期后的星期日早上，我以极为黯淡的心情削好一打铅笔，按老师的布置，把饭盒和室内鞋塞进塑料袋。那是个秋天里有点偏热的晴朗的星期天，母亲却给我穿上厚厚的毛衣。我独自坐上电车，一直站在窗前留意外面的景物，以免坐过站。

不用看准考证后面印的路线图就很快晓得中国人小学在哪里了——只要尾随书包里鼓鼓地装着饭盒和室内鞋的一帮小学生即可。很陡的坡路上几十几百个小学生排着队朝同一方向行进，那情形说不可思议也真是不可思议。他们只是默默走路，没有人往地上拍皮球，没有人扯低年级同学的帽子。他们的阵势使我想起某种不均衡的永久性运动。爬坡当中，厚毛衣下汗一直出个不停。

出乎我朦胧的预想，中国人小学外表上与我们小学不但几乎没有什么两样，甚至清爽得多。又黑又长的走廊、潮乎乎的霉味儿等两个星期来在我脑海中随意膨胀的图像根本无处可寻。穿过别致的铁门，一条花草簇拥的石板路画着舒缓的弧线长长地伸展开去。主楼门正面，清冽的池水光闪闪地反射着早上九点的太阳。沿校舍树木成行，每棵树上都挂着一块中文解说板，有的字我认得，有的不认得。主楼门对面是被校舍环绕的运动场，状如天井。每个角落分别有某某人的胸像、气象观测用的小白箱、单双杠等。

进得楼门，我按规定脱鞋，走入规定的教室。明亮的教室里排列着正好四十张开启式小桌，每张桌上用透明胶粘着写有准考证号码的纸片。我的位置在靠窗一排的最前边，就是说这教室里我的号数最小。

黑板崭新，墨绿色，讲桌上放着粉笔盒和花瓶，花瓶里插一支白菊。一切都是那么干干净净整整齐齐。墙上的软木板没贴图画没贴作文。或许是故意取下的，以免干扰我们考生。我坐在椅子上，把笔盒和垫板摆好，托腮闭起眼睛。

过了约十五分钟，腋下夹着试卷的监考官走进教室。监考官看样子不超过四十岁，左腿有一点点跛，在地板上抬腿不大利索。左手拄一根手杖，手杖是樱木做的，很粗糙，颇像登山口土特产商店卖的那种。由于他跛的方式显得甚为自然，以致唯独手杖的粗糙格外显眼。四十名小学生一看见监考官——或者不如说一看见试卷，顿时鸦雀无声。

监考官走上讲台，先把试卷放于桌面，继而"咣"一声把手杖靠在一旁。确认所有座位无一空缺之后，他咳嗽一声，瞥了一眼手表。接着，手像支撑身体似的挂在讲桌两端，直挺挺地扬起脸，望了一会儿天花板。

沉默。

每个人的沉默持续了大约十五秒。紧张的小学生大气也不敢出地盯视着桌上的试卷，腿脚不便的监考官目不转睛地望着天花板的一角。他身穿浅灰色西装白衬衫，打一条转眼即可让人忘掉色调花纹的很难留下印象的领带。他摘掉眼镜，用手帕慢慢擦拭两侧镜片，重新戴回。

"本人负责监督这场考试。"**本人**，他说，"试卷发下以后，请扣在桌上别动。等我说**好了**，再翻过来答题。差十分到时间时我说**最后十分钟**，那时请再检查一遍有没有无谓的差错。我再说一声**好了**，就彻底结束，就要把试卷扣在桌上，双手置于膝盖。听明白了么？"

沉默。

"千万别忘记先把名字和准考号写上。"

沉默。

他又看一次表。

"下面还有十分钟时间。这个时间我想给大家讲几句话，请把心情放松下来。"

几声"吁——"泄露出来。

"我是在这所小学任教的中国老师。"

是的，我就这样遇上了最初一个中国人。

根本看不出他是中国人。这也难怪，毕竟那以前我一次也没遇到中国人。

"这间教室里，"他继续道，"平时有和大家同样年龄的中国学生像大家一样刻苦学习……大家也都知道，中国和日本，两个国家说起来像是一对邻居。邻居只有相处得和睦，每个人才能活得心情舒畅，对吧？"

沉默。

"不用说，我们两国之间既有相似之处，又有不相似之处，既有能够相互沟通的地方，又有不能相互沟通的地方。这点就你们的朋友来说也是一样，是吧？即使再要好的朋友，有时候也不能沟通，对不对？我们两国之间也是一回事。但我相信，只要努力，我们一定能友好相处。为此，我们必须先互相尊敬。这是……第一步。"

　　沉默。

　　"比如可以这样想：假定你们小学里有很多中国孩子来参加考试，就像大家坐在这里一样，由中国孩子坐在你们书桌前。请大家这样设想一下。"

　　假设。

　　"设想星期一早上，大家走进这所小学，坐在座位上。结果怎么样呢？桌面到处乱写乱画满是伤痕，椅子上粘着口香糖，桌子里室内鞋不见了一只——对此你们会有何感觉呢？"

　　沉默。

　　"例如你，"他实际指着我，因我的准考号最小，"会高兴吗？"

　　大家都看我。

　　我满脸通红，慌忙摇头。

　　"能尊敬中国人吗？"

　　我再次摇头。

"所以，"他重新脸朝正面，大家的眼睛也终于看回讲桌，"大家也不要往桌面上乱写乱画，不要往椅子上粘口香糖，不要在桌子里面乱来。明白了么？"

沉默。

"中国学生可是会好好回答的。"

明白了，四十个学生答道。不，三十九个。我口都没张开。

"注意：抬起头，挺起胸！"

我们抬起头，挺起胸。

"并怀有自豪感！"

二十年前的考试结果，今天早已忘了。我能想起的，唯有坡路上行走的小学生和那个中国老师，还有抬头挺胸满怀自豪感。

那以后过去了六七年——高三那年秋天，一个同样令人心情舒坦的星期日下午，我和班上一个女孩走在同一条坡路上。我正恋着她，至于她对我怎么看则不晓得，总之那是我们的初次约会，两人一起走在从图书馆回来的路上。我们走进坡道正中间一家咖啡馆喝咖啡，在那里我向她讲起那所中国人小学。听我讲完，她嗤嗤地笑了起来。

"真是巧啊，"她说，"我也同一天在同一考场考试来着。"

"不会吧？"

"真的。"她任凭冰淇淋滴在咖啡杯薄薄的边口，"不过好像教室不同，没有那样的演讲。"

她拿起咖啡匙，往杯里定定地看着，搅拌了几次咖啡。

"监考老师是中国人？"

她摇头道："记不得了。想都不会想到那上面去的。"

"没有乱写乱画来着？"

"乱写乱画？"

"往桌子上。"

她嘴唇贴着杯口，想了一会儿。

"这——写过画过没有呢？记不清了。"说着，她微微一笑，"毕竟是以前的事了。"

"可桌子不全都干干净净崭新崭新的么？不记得？"我问。

"呃，是啊，好像是的。"她显得兴味索然。

"怎么说呢，感觉上有一种**滑溜溜**的味道，满教室都是。说我是说不明白，就像有一层薄纱似的。这么着……"说到这里，我用右手拿住咖啡匙的长柄，沉吟片刻，"对了，桌子是四十张，全部崭新崭新，黑板也漂亮得很，墨绿墨绿。"

我们沉默了一会儿。

"没有乱写乱画？想不起来了？"我又问了一次。

"跟你说，真的想不起来了。"她笑着回答，"给你那么一说，倒也好像那么做来着。终究是很久以前的事了……"

也许她的说法更合乎情理。任何人都不至于记得什么好几年前往哪里的桌子上乱写乱画过没有。事情早已过去，何况原本就怎么都无所谓的。

把她送回家后，我在公共汽车中闭起眼睛，试着在脑海中推出一个中国少年的形象——一个星期一早在自己桌子上发现谁的涂鸦的中国少年。

沉默。

3

高中位于港街，于是我周围有了不少中国人。虽说是中国人，也并非跟我们有什么不同，并非他们具有共同特征。他们每一个人之间固然千差万别，但这点无论我们还是他们都完全一样。我常常想，人的个体特性之奇妙，真是超越任何范畴任何概论。

我所在的班上也有几个中国人。成绩有好的，也有不好的；性格有开朗的，也有沉闷的；住处有堪称气派的，也有光照不好的一个六张榻榻米大小的房间且厨房亦在里面的，各种各样。但我和他们之中哪个人都不怎么要好。总的说来我不属于那种不论跟谁都要好得来的性格，无论对方是日本人还是中国人。

他们当中的一个十多年后同我偶然相遇，这点我想稍后再说为好。

舞台转到东京。

按顺序——我是说除掉没怎么亲切交谈过的中国同学——对于我来说的第二个中国人算是大学二年级那年春天在勤工俭学的地方认识的一个沉默寡言的女大学生。她十九，和我同岁，个子不高，换个角度，说长得漂亮也并非不可。我和她一起干活干了三个星期。

　　她干活非常热心，在她影响下我也干得挺热心。不过从旁看她干活的样子，似乎我的热心同她的热心本质上截然不同。就是说，我的热心是"既然至少在干什么，那么或许有热心干的价值"这种含义上的热心，而她的热心则大约属于迫近人之存在的根本那一种类。很难表达确切，总之她的热心里有一种奇妙的紧迫感，仿佛她周围所有日常活动都因了这热心而得以勉强合为一束并得以成立。所以，大多数人都跟不上她的工作节拍，中途气恼起来。直到最后也不发一句牢骚而同她搭档干下来的只有我这样的人。

　　说是搭档，其实我和她起初几乎没有开口。我搭过几次话，但看上去她对交谈没有兴致，我便注意再不说什么。和她第一次像样地开口说话，是一起干了两星期之后。那天上午她约有三十分钟陷入一种精神危机，这在她是头一回。起因是作业顺序出现了一点混乱。若说责任的确是她的责任，但在我看来这类失误是常有的。不过一时马虎大意罢了，任何人都在所难免，但她却像不这样认为。一条小小的裂缝在她的头脑中逐渐变大，不一会竟成了无可奈何的巨大深渊，她一步也前进不得。她一句话也不说，完全一动不动地呆立在那里，那样子使我联想起夜幕下缓缓沉入大海的轮船。

我停止作业，让她坐在椅子上，一根根分开她紧握的手指，给她喝热咖啡，随后告诉她不要紧，根本不用担心，又不是来不及了，错了重来也耽误不了什么，即使耽误了也并非世界就此终止。她眼神怅怅的，但还是默默点了下头。喝完咖啡，她似乎多少沉静下来。

"对不起。"她低声道。

午饭时间我们简单聊了一会，她说自己是中国人。

我们做工的场所是文京区一家小出版社的又黑又小的仓库，仓库旁边淌着一条脏兮兮的河。工作简单、乏味、忙碌。我接过账单，按上面的册数把书运到仓库门口，她给书打捆并核对底账，就是这样的活儿。加之仓库连个暖气设备影儿也没有，为了不至于冻死，我们不得不一个劲儿劳作。那不是一般的冷，我想在安克雷奇机场打临时工怕也不过如此。

午休时，我们去外面吃热些的午餐，暖和身子，一起呆呆地度过一个小时。午休最主要的目的就是让身体暖和起来。不过在她那次精神危机过后，我们开始一点点谈起自己。虽然她说得断断续续，但稍过些时候还是弄清了她的基本情况。她父亲在横滨从事小规模进口贸易，进口的大半是香港来的准备大减价时抛售的廉价衣服。虽说是中国人，但她生在日本，大陆香港台湾一次也没去过，中国话几乎不会，英语呱呱叫。她在东京都内一所私立女大读书，将来希望当翻译。住处是在驹込一座公寓，同哥哥住在一起，或者借用她的说法——硬钻进去的，因为她同父亲合不来。对于她，我所了解的事实大致就是这些。

　　三月里的两个星期，就这样连同不时飘零的夹雪冷雨过去了。工作最后结束那天傍晚，在财务科领罢酬金，我略一踌躇，邀请了这个中国女孩去新宿一家以前去过几次的舞厅蹦迪。不是想引诱她，我没有那样想。我有个自高中时代便开始交往的女朋友，但坦率地说，我们之间已不似以前那样融洽了。她在神户，我在东京，一年见面两个月，至多三个月。我们都还年轻，相互的理解并未充分到足以克服距离和时间空白的地步。同女朋友的关系往后应如何展开，我也心中无数。在东京我完全孑然一身，没有像样的朋友，大学里的课又枯燥无味。老实说，我很想多少发泄一下，约女孩去跳舞、喝酒，和她好好聊聊快活快活，别无他求。我才十九，不管怎么说，正值最想受用人生的年龄。

她歪头沉思了五秒。"我还没跳过舞。"她说。

"简单得很！"我想，"也谈不上是跳舞，随着音乐扭动身体就成。是人就会。"

我们先进餐馆喝啤酒，吃比萨。工作到此结束，再无须去阴森森的仓库搬书，这使得我们身心十分舒畅。我比平时多讲了好些笑话，她比平时多见了好些笑容。吃完，我们去蹦了两个小时迪。舞厅充满令人惬意的温煦，荡漾着汗味儿和谁烧的卫生巾味儿。迪斯科舞曲似乎是菲律宾乐队模仿桑塔那的。出汗后我们便坐下喝啤酒，汗消了又上去跳。不时有彩色闪光灯一闪，彩灯下的她看上去同在仓库时判若两人。跳熟以后，她现出乐陶陶的样子。

一直跳到筋疲力尽我们才走出舞厅。三月的夜风尽管仍带寒意，但已可以感觉出春天的气息了。身体还很暖和，我们把大衣拿在手上，漫无目标地在街头行走。窥一眼娱乐中心，喝一杯啤酒，便又开始走。春假还有整整一半剩着没动，更何况我们年方十九。

若下令开步走，径直走到多摩川[1]边怕都不在话下。至今我仍能记起那个夜晚空气的感触。

表针指在十点二十分时，她说差不多得回去了。"十一点前务必回去的。"她十分抱歉似的对我说。

"还真挺严厉的。"我说。

"嗯，哥哥很啰嗦，一副监护人的架势。算是由他关照，牢骚又发不得。"她说。不过从语气听得出她蛮喜欢那个哥哥。

"别忘了鞋。"我说。

"鞋？"走五六步她笑了，"啊，灰姑娘！放心，不会忘的。"

我们爬上新宿站阶梯，并坐在长椅上。

"我说，可以的话，把电话号码告诉我可好？"我问她，"下次再和你找地方玩去。"

她咬着嘴唇点了几下头，讲出电话号码。我用圆珠笔记在迪斯科舞厅火柴盒的背面。电气列车开来，我把她送上车，道一声晚安。"真快活，谢谢了，再见！"车门合上，电车开走后，我移去旁边一道月台，等待开往池袋方面的列车。我靠在柱子上，边吸烟边

---

1 东京西部的河名。

依序回想这个夜晚里的事，从餐馆、迪斯科到散步。不坏，我想。好久没同女孩约会了，我开心，她也快活，至少我们可以成为朋友。她有点过于沉默寡言，还有神经质的地方，然而我对她怀有本能的好感。

我用鞋底碾死烟头，重新点燃一支。街上各种各样的声音混为一体，怅怅然渗入凄迷的夜色。我闭起眼睛，深深吸一口气。不妙的事一件也没有，可是同她分手后，有什么东西莫名其妙地堵在我胸口。粗粗拉拉的东西卡在喉头，咽也咽不下去。有什么出了差错，我觉得自己犯了一个天大的错误。

醒悟过来时我已从山手线电车下到了目白站。在这里我才好歹意识到：**我把她送上了相反方向的山手线。**

我的宿舍在目白，原来和她同乘一列车回来即可，再没比这简单的。我何苦故意把她送上相反方向的电车呢？酒喝多了？也可能脑袋里装自己的事装得太满了。车站的钟指在十点四十五分，恐怕赶不上公寓关门时间了。若她及时发现我的错误而换乘往回转的电车自然另当别论，但我想她不会那样做，她不是那一类型。她所属的类型是：一旦坐错车便一直坐下去。再说她本来一开始就该完全知道这点，知道自己被送错了车。我不由暗暗叫苦。

　　她出现在驹込站时十一点十分都已过了。见我站在阶梯旁，她停住脚，脸上浮现出不知该笑还是该恼的神情。我姑且抓住她胳膊让她坐在长椅上，自己挨她坐下。她把挎包放在膝头，双手抓着包带，脚往前伸，静静地盯住白皮鞋尖。

　　我向她道歉，说不知怎么搞的，竟稀里糊涂弄错了，肯定自己脑袋晕乎来着。

　　"**真的**弄错了？"她问。

　　"还用说！不然怎么成了这样子。"

　　"以为你故意的呢。"她说。

　　"故意？"

　　"所以觉得你会生气。"

　　"生气？"我无法理解她要表达什么。

　　"嗯。"

　　"为什么觉得我会生气？"

　　"不知道。"她声音小得就要消失似的，"怕是因为和我在一起没有意思吧。"

"哪里没有意思！和你在一起非常有意思，不骗你。"

"骗人。和我在一起根本没意思，不可能有意思，这点我自己也一清二楚。即便你**真的**弄错了，那也是因为**实际上**你内心是那么希望的。"

我喟然叹息。

"不必介意的。"她说，并摇了下头，"这种事不是第一次，肯定也不会是最后一次。"

她眸子里溢出两滴泪，出声地落在大衣膝部。

我不知到底如何是好。我们一动不动地沉默良久。电车几番进站几番吐客离去。乘客的身影消失在阶梯上以后，站内重新归于寂静。

"求你，扔开我别管。"她把额前被泪水打湿的头发撩到一边，微微一笑，"一开始我就觉得好像不对头，心想算了，就一直在相反方向的电车上坐着没动。但车过东京站，一下子没了气力。一切都让我感到厌倦，再也不想落到这个地步。"

我想说句什么，但话没出口。夜风哗啦啦吹散一叠晚报，一直吹到月台端头。

她又一次把额前被泪水打湿的头发拨往一边，有气无力地淡然笑道："可以了。这里终究不是我应在的场所，这里没有我的位置。"

我不知道她所说的场所是指日本这个国家，还是指在黑漆漆的宇宙中绕行不休的这个岩体。我默然抓起她的手放在自己膝头，再把自己的手轻轻放上去。她的手很暖，内侧潮乎乎的。我毅然开口道：

"我没有办法向你很好地解释我这个人。我时常闹不清自己这个人是怎么回事，不明白自己在考虑什么如何考虑，以及追求什么。甚至自己有多大的力量、应该怎样使用都稀里糊涂。这种事一一细想起来，有时真的感到可怕。而一害怕，就只能考虑自己。在这种情况下，我变得十分自私，从而伤害别人，尽管我并不愿意。所以，我无论如何都算不上是一个出色的人。"

我无法继续说下去，我的话因而"噗"的一声半途折断。

她默不作声，似乎在等我的下文，并且依然盯着自己的鞋尖。远处传来救护车的呼啸声。站务员用扫帚归拢月台上的垃圾，看也不看我们一眼。由于时间晚了，电车班次已明显减少。

"和你在一起我非常愉快。"我说，"不是说谎。但不仅如此。表达我虽表达不好，总之我觉得你这个人非常非常**地道**，为什么我不清楚。为什么呢？只是长时间在一起这个那个交谈当中蓦然这样觉得的。而且我始终在考虑——这种**地道**是怎么一回事？"

她扬起脸，定定看一会我的脸。

"不是故意让你上错车的，"我说，"大概是我想东西的关系。"

她点点头。

"明天打电话，"我说，"再去哪里慢慢聊聊。"

她用指尖揩去泪痕，双手插回大衣袋："……谢谢。老是麻烦你，真对不起。"

"不该你道歉，出错的是我。"

那天夜里我们就这样分别了。我一个人坐在椅上没动，点燃最后一支烟，把空烟盒扔进垃圾箱。钟已快十二点了。

我注意到那天夜里犯下的第二个错误，已是九个小时以后的事了。那实在是愚蠢透顶、彻底致命的过失：我竟把写有她电话号码

的火柴盒连同空烟盒一起扔掉了。我四处找得好苦，但无论临时工
名册还是电话簿上，都没有她的电话号码。问大学的学生科也没问
出名堂。那以后我再没见到她。

她是我遇上的第二个中国人。

4

讲一下第三个中国人。

前面也已写到，他是我高中时代的同学，算是我朋友的朋友，
还交谈过几次。

重逢时我二十八，结婚都已六年了。六年里我埋葬了三只猫，
也焚烧了几个希望，将几个痛苦用厚毛衣包起来埋进土里。这些全
都是在这个无可捉摸的巨型城市里进行的。

那是十二月一个阴冷的午后。没有风，但空气砭人肌肤，云间
不时泻下的阳光也无法抹去街市上笼罩的暗幽幽的灰膜。去银行回
来的路上，我走进面对青山大道的一家整面落地玻璃窗的咖啡馆，
边喝咖啡边翻动一本新买的小说。小说看倦了，便抬眼打量路上的

车流，然后又看书。

注意到时，他已经站在了我面前，道出我的名字。

"不错吧？"

我愕然地从书上抬起眼睛，答说"不错"。对方面孔没有印象，年龄与我相仿，身上一件藏青色休闲西装（Brazer Coat），配一条颜色协调的英式斜纹领带（regimental tie），一副精明能干的派头。不过，哪一样都给人以多少磨损了的感觉。倒不是说衣服旧了或人显得疲劳，单单磨损而已。脸也是那样的气氛，五官固然端正，但现出的表情却好像是为了逢场作戏而从哪里勉强搜集来的残片的组合，或排列在应付了事的宴会桌上的不配套的盘子。

"坐下可以吧？"

"请。"我说。

他在我对面坐下，从衣袋里掏出一盒烟和小巧的金色打火机，但未点火，只是放在桌子上。

"怎么样，想不起来？"

"想不起来。"我不再搜寻记忆，便老实坦白，"抱歉，总是这个样子，想不起别人的面容。"

"恐怕还是想忘却过去的事吧？我是说潜在性地。"

"有可能。"我承认。真有可能。

女侍者拿来水，他要了美式咖啡，并嘱咐要弄得很淡很淡。

"胃不好，说实话医生不让我吸烟喝咖啡的。"他边摆弄那盒烟边说，显现出胃不好的人谈胃时特有的神色，"对了对了，接着刚才的话说——我出于和你同样的缘由，过去的事一件也没忘，真的没忘，也真是怪事。我也想把各种事情忘个一干二净来着。越想睡眼睛越有神，是吧？同一码事。自己也搞不清何以这样。专门记过去的事，而且记得一清二楚，我真有点担心再没余地记忆以后的人生了。伤脑筋！"

我把仍拿在手上的书扣在桌面上，喝了口咖啡。

"而且都记得那么活龙活现，当时的天气、温度，甚至气息，简直就像现在还身临其境，以至于自己也不时糊涂起来：真正的我到底在什么地方活着呢？有时甚至觉得此时此地的事物说不定仅仅是自己的记忆。你可有这样的感觉？"

我漠然地摇了下脑袋。

"你的事也记得真真切切。从路上走隔着玻璃一眼就看出是你。打招呼打扰你了吧?"

"哪里,"我说,"可我这方面横竖想不起来,觉得非常不好意思。"

"没什么不好意思的,是我自己擅自找上门的,别介意。该想起的时候自然想起,是这样的。记忆这东西,机制完全因人而异,容量有异,方向性也有异,既有帮助大脑发挥作用的,也有阻碍性的,无所谓哪个好哪个坏。所以不必介意,不算什么大事。"

"告诉我你的名字好么?怎么也想不起,想不起来心里不痛快。"我说。

"名字那玩意儿怎么都无所谓,真无所谓。"他说,"你想起来也好,想不起来也好,怎么都好,怎么都一回事。不过,若是你对记不起我名字那么介意的话,就当我是头一次见面的人好了,反正也不影响交谈。"

咖啡上来,他并不觉得好喝似的啜了一口。我琢磨不出他话里的真正含义。

"有那么多水从桥下流过——高中英语教科书里的,可记得?"

高中？这么说，他是我高中时代认识的？

"的确是那样，近来站在桥上呆呆往下看着，就忽然想起这个英语例句来。这回是作为实感把握的：果然，时间这东西就是这样流逝的。"

他抱起胳膊，身体深深缩在椅子里，脸上现出暧昧的表情。尽管那是一种表情，但我全然不能理解那到底意味怎样的情感。他的制作表情的遗传因子似乎边边角角磨损了许多。

"结婚了？"他这样问我。

我点头。

"小孩？"

"没有。"

"我有一个。男孩。"他说，"四岁了，上幼儿园，身体倒是好。"

孩子的事至此说完，随后我们沉默下来。我吸烟，他马上拿打火机给我点上，手势极为熟练自然。我不怎么喜欢别人为自己点烟斟酒，但对于他倒没甚介意，甚至好一会都没意识到是他给点的火。

"做什么工作？"

"小买卖。"我回答。

"买卖？"他怔怔地张大嘴，隔一会才这样说道。

"是的。不是什么了不起的买卖。"我支吾过去。

他只点了几下头，再未发问。不是不想谈工作，但一来谈起来话长，二来有点累，没气力一一谈完，再说我连对方姓名都不知晓。

"不过吃了一惊，你居然也做起买卖来了。你原本不像买卖人来着。"

我微笑不语。

"记得过去你只知道看书。"

"书现在倒也在看。"我苦笑道。

"百科事典呢？"

"百科事典？"

"对，可有百科事典？"

"没有。"我莫名其妙，摇了下头。

"不看百科事典？"

"那个嘛，有的话倒也会看的。"我说。可眼下我住的房间连放那玩意儿的空位都没有。

"老实说，我正到处兜售百科事典。"他说。

刚才占据我心田一半的对他的好奇心倏然消失。原来如此，他在卖百科事典。我喝一口已经变凉的咖啡，尽可能小声地把杯子放回碟子。

"想要是想要，有了还是好的。遗憾的是眼下没钱，真正一文不名。一大堆债，刚开始还。"

"喂喂，算了算了！"他说，并摇了下头，"又不是向你推销百科事典。我也穷得和你半斤对八两，但还不至于沦落到那步田地。况且说实在的，我大可不必向日本人兜售的，这是规定。"

"日本人？"我问。

"对，我是专门找中国人，只向中国人卖百科事典。用电话簿把东京都内中国人挑出来列成表，然后一户户登门拜访。谁想出来的不知道，但这办法实在高明。销路也不坏。按响门铃，道一声您好，递上名片自我介绍，简单得很。往下靠的就是所谓同胞情谊，事情很快就谈成了。"

有什么东西突然叩击我脑袋里的键。

"想起来了！"我说。

是我上高中时认识的中国人。

"不可思议啊！自己现在也闹不清，到底是因为什么才落到沿街向中国人推销百科事典这个地步的。"他一副客观叙述的口气，"当然喽，细节一个个想得起来，但看不清全貌。而意识到时，早已成了这个样子。"

我和他不曾同班，个人之间也没怎么亲密交谈过，不过是朋友的朋友那种程度的交往而已。但依我的记忆，他并非干百科事典推销员的那个类型。教养不差，成绩也应在我之上，在女孩子里想来也有人缘。

"这样那样有好多事情，不过都那么啰嗦那么黯淡那么乏味，肯定不听为好。"他这样说道。

我没办法回答，便缄口不语。

"也不全是我一个人的责任，"他说，"很多糟糕事凑在了一起，但原因终归在我身上。"

这时间里，我使劲回想高中时代的他，但想出来的异常模糊。似乎有一次坐在谁家厨房餐桌旁一起边喝啤酒边谈音乐。大概是一个夏日的午后。可这也很依稀，像是一段早已遗忘的旧梦。

"为什么跟你打招呼呢？"他自己问自己似的说，用手指来回转动桌上的打火机。"不管怎么说是打扰了吧？对不起啊！不过遇上你怪亲切的，倒也不是说哪一点感到亲切。"

"哪里谈得上打扰。"我说。这是真心话。作为我也不明所以地觉得亲切，很有些不可思议。

我们沉默片刻，因不知再说什么好，于是我吸剩下的烟，喝剩下的咖啡。

"好了，该动身了。"他边说边把烟和打火机揣进衣袋，椅子稍往后拉了拉，"也偷不成多少懒的，还有很多地方要去推销。"

"有小册子？"我问。

"小册子？"

"介绍百科事典的。"

"噢，"他有点恍惚地说，"现在没带，想看？"

"想看。单纯出于好奇心。"

"那，寄到你家去好了。住址可以告诉我？"

我从手册上撕下一页，写下住址给他。他看了一眼，工工整整地折为四折，放进名片夹内。

"事典相当可观。不是自己卖才这么说，的确出得好，彩色照片也多。肯定有用。我也偶尔拿在手上啪啦啦翻上几页，足可解闷。"

"几年以后买说不清，但手头宽裕了或许会买的。"

"那自然好。"他嘴角上再次浮起竞选宣传画般的微笑，"想必有那一天的。只是，那时候我怕早跟百科事典不相干了。中国人家庭大致转完之后，往下就没事可干了。干什么呢？接着怕是专门劝中国人加入生命保险，或者去推销墓石。也罢，反正总有什么可卖吧。"

当时我想对他说句什么，因我想恐怕再难见到他了。我想对他说的是有关中国人的，却又未能弄清到底想说什么。结果我什么也没说，说出的只是普通的分手套话。

即使现在，怕也还是什么也说不出，我想。

5

作为一个年逾三十的男人，倘若再一次在外场追球时一头撞在篮球架子上，再一次头枕手套在葡萄架下苏醒过来的话，这回我到底会说出怎样的话呢？或许我将这样说：**这里没有我的位置。**

想到这点是在山手线的电气列车里。我站在车门前，把车票像怕丢失似的紧紧攥在手里，隔窗望着外面的景致。我们的街市。不知为什么，这景致弄得我甚为黯然神伤。城市生活者那如同举行某种年度仪式般地陷入的、像日常熟悉的浑浊的咖啡果冻一般的精神幽暗再次笼罩了我。脏兮兮的楼宇，芸芸众生的群体，永不中顿的噪音，挤得寸步难移的车列，铺天盖地的广告牌，野心与失望与焦躁与亢奋——其中有无数选择无数可能，但同时又是零。我们拥有这一切，而又一切都不拥有。这就是城市。蓦地，我想起那个中国女孩的话："这里终究不是我应在的场所。"

我望着东京街头遥想中国。

我就是这样遇上了不少中国人。我读了很多有关中国的书，从《史记》到《西行漫记》。我想更多一些了解中国。尽管如此，中国仍然仅仅是我一个人的中国，是唯我一人能读懂的中国，是只向我一个人发出呼唤的中国。那是另一个中国，不同于地球仪上涂以黄色的中国。那是一个假设，一个暂定。而在某种意义上，那是被中国一词切下的我自身。我在中国漫游，但无须乘坐飞机。漫游是在东京地铁的车厢内或出租车后排座上进行的，这种冒险是在家附近牙科医院的候诊室以及银行窗口进行的。我可以去任何地方，又任何地方都不能去。

东京——甚至东京这座城市，一天在山手线的车厢里也突然开始失却其现实性，其景物开始在车窗外急速崩溃。我手攥车票目不转睛地注视着这一过程。我的中国如灰尘一般弥漫在东京城，从根本上侵蚀着这座城市。城市依序消失。是的，这里没有我的位置。我们的语言就这样失去，我们怀有的理想迟早将这样云消雾散，犹如那原以为会永远持续下去的无聊的思春期在人生途中的某一点突然杳无踪影。

谬误……所谓谬误，或许正如那个中国女大学生说的那样（抑或如精神分析医生说的那样），归根结蒂乃是一种逆反性欲望。果真如此，谬误正是我本身你本身。这样，便哪里都没有出口。

尽管如此，我仍要把往日作为忠实的棒球外野手的些许自豪藏在旅行箱内，坐在港口石阶上，等待空漠的水平线上迟早会出现的去中国的小船。我遥想中国街市灿烂生辉的屋顶，遥想那绿接天际的草原。

所以，丧失与崩溃之后无论所来何物，我都已无所畏惧。恰如棒球本垒打击球手不怕球转换方向，坚定的革命家不怕绞刑架。假如那真能如愿以偿……

朋友哟，中国过于遥远了。

穷婶母的故事

1

事情发端于七月间一个晴朗的午后，一个委实令人心旷神怡的周日午后。就连草坪上揉成一团扔着的巧克力包装纸，在这七月王国里都如湖底的水晶一般自命不凡地闪烁其辉。温情脉脉的不透明的光之花粉以腼腆的情态缓缓飘向地面。

散步回来的路上，我坐在绘画馆前面的广场上，和女友一起呆愣愣地抬头看着独角兽铜像。梅雨初霁，凉爽的风摇颤着绿叶，在浅水池上划起细小的波纹。澄澈的水底沉有几个生锈的可乐罐，令人想起在遥远的往昔被弃置的城镇废墟。身穿统一球服的几伙业余棒球队员、狗、自行车以及身穿休闲短裤的外国小伙子从坐在池边的我们面前穿过。从不知是谁放在草坪上的收音机里低声传出音乐，仿佛砂糖放多了的甜腻腻的流行歌曲随风而来，唱的是已然失去的爱和可能失去的爱。太阳光被我的双臂静静地吮吸进去。

就在这样的午后，穷婶母俘获了我的心。原因我不晓得。周围连穷婶母的身影都没有，然而她还是出现在我的心中——在仅仅几百分之一秒里——把她凉瓦瓦的不可思议的肌肤感触永远留了下来。

穷婶母？

我再次环顾四周，仰望夏日天空。话语如风、如透明的弹道一般被吸入周日午后的天光中。起始每每如此，此一瞬间无所不有，下一瞬间无所不失。

"想就穷婶母写点什么。"我试着对女友说了一句。

"穷婶母？"她显得有点吃惊。她把"穷婶母"三个字放在小手心里转动几下，费解似的耸耸肩，"怎么提起穷婶母来了？"

怎么也好什么也好，我都不知道。有什么东西犹如小小的云影倏忽掠过我的心间，如此而已。

"一下子想起罢了，不知不觉地。"

为了搜寻词句，我们沉默了良久。唯独地球自转的声音接通着我和她的心。

"你要写穷婶母的故事？"

"嗯，**我**要写穷婶母的故事。"

"那样的故事，恐怕谁都不想读。"

"或许。"我说。

"那也要写？"

"没办法的。"我辩解道，"解释倒是解释不好……也许的确是我拉开了错误的抽屉。但归根结蒂，拉开抽屉的是我。就是这么回事。"

她默然微笑。我从口袋里掏出皱巴巴的香烟点燃。

"那么，"她说，"你亲戚中有穷婶母？"

"没有。"

"我亲戚里倒有一个穷婶母，真真正正的穷婶母，还一起生活过几年。"

"唔。"

"可我不想就她写什么，写什么写！"

收音机开始播放另一支歌，唱的大约是世上充满必然失去的爱和可能失去的爱。

"你又压根儿没有什么穷婶母，"她继续道，"却想就穷婶母写什么。不觉得是在突发奇想？"

我点点头。"为什么会这样呢？"

她约略偏了偏头，没有回答。她依然脸朝后面，纤细的指尖在水中久久地划来划去，就好像我的询问顺着她的指尖被吸入水底的废墟中一样。我询问的印痕肯定如打磨光滑的金属片一样闪闪地沉入池底，并向周围的可乐罐继续发出同样的询问。

为什么？为什么？为什么呢？

"我不知道。"许久，她才孤零零地冒出这么一句。

我手托下巴，叼着烟，再次仰望独角兽。两头独角兽面对被冷落的时间河流，急不可耐似的扬起四只前蹄。

"我所知道的，只是人不可能头顶瓷盆仰面看天。"她说，"我是说你。"

"不能再说具体点？"

她把浸在水中的手指在衬衫底襟上擦了几下，转向我说："我觉得你现在对什么都无可奈何，无论什么。"

我叹了口气。

"抱歉。"

"哪里，没什么的。"我说，"的确，现在的我连便宜的枕头都奈何不得。"

她再次微微一笑："何况你连个穷婶母也没有。"

是那样的，我连个穷婶母也没有……

简直成了歌词。

2

或许你的亲戚中也没有穷婶母。果真那样，我和你便拥有了"没有穷婶母"这个同类项。不可思议的同类项，宛如清晨水洼一般的同类项。

不过想必你也在某某人的婚礼上见过穷婶母的形象。就像任何书架上都有一本久未读完的书，任何立柜里都有一件几乎没有沾身的衬衫一般，任何婚礼上都有一个穷婶母。

她几乎不被介绍给谁，几乎没人向她搭话，也没人请她致辞，只是如同旧奶瓶一般端坐在餐桌前。她小声细气地喝着清炖鸡汤，用鱼叉吃着色拉，扁豆差点儿没有舀起，吃最后一道冰淇淋时仿佛意犹未尽。至于她赠送的礼品，运气好应该被塞进壁橱深处，运气不好则很可能在搬家时连同沾满灰尘的保龄球奖杯一起被一扔了之。

偶尔掏出的婚礼相册上也有她出现在上面，但其形象总有点令人不安，犹如还算完好的溺死者尸体。

这儿的女人是谁？喏，第二排戴眼镜的……

啊，没什么的，年轻丈夫答道，一个穷婶母。

她没有姓名，只是穷婶母。如此而已。

当然，你也可以说姓名那玩意儿反正总要消失的。

消失的形式林林总总。第一种形式是与死一同消失。这很简单，"河水枯而鱼死绝"，或"林木焚而鸟烧尽"……我们哀悼它们的死。第二种形式是某一日倏然消失，如一台旧电视机，死后仍有白光在荧屏上恋恋不舍。这也不坏，有点类似迷失方向的印度大象的脚印，但坏确乎不坏。最后一种形式——人没死名字便已消失，即穷婶母们。

但我偶尔也会陷入这种穷婶母式的失名状态中。在傍晚拥挤不堪的中心车站，自己的目的地、姓名、住所突然从头脑中消失一尽。当然时间极短，五秒或十秒。

也有以下情况：

"你的姓名我怎么也想不起来了。"一个人说。

"没关系的，别介意，又不是多么了不得的名字。"

他指了好几次自己的喉结："哎呀，都已经到这里了。"

这种时候，感觉上自己就像被埋在土里面，只有左脚尖探出地面。偶尔有人被绊了一下，随即道歉：哎呀对不起都已经到这里了……

那么，失掉的名字到底去哪里呢？在这迷宫一般的城市里，它们继续生存的概率想必是微乎其微的。它们之中，有的在路上被卡车碾成肉饼，有的仅仅因为没有零钱乘电车而魂断街头，有的连同满口袋的自尊沉入深水河中。

尽管如此，它们之中的几个也还是有可能碰巧活下来而赶到已失名字之城，在那里创办一个与世无争的共同体。的确是小小的、很小很小的小城。入口处想必立有一块这样的牌子：

闲人免进

进入的闲人，自然要受到相应的轻微处罚。

*

也许那是为我准备的轻微处罚——我的脊背有小小的穷婶母贴了上来。

最初觉察到她的存在是在八月中旬。并非因为什么才觉察到的，只是忽有所感，感到背上有穷婶母。

那绝非不快之感。既不太重，耳后又没有呼出的臭气。她只是如漂白过的影子紧贴在我的后背。若非相当注意，别人连她贴着我都看不出。和我住在一起的猫们在开头两三天固然以狐疑的眼神看她，但在明白对方无意扰乱自己的疆域之后，便很快适应了她的存在。

几个朋友好像沉不住气了，因为在我和朋友对坐喝酒当中，她不时从我身后一闪探出脸来。

"叫人心里不安啊！"

"不要介意，"我说，"又没什么害处。"

"那是那是。可有点心慌意乱。"

"噢。"

"到底从哪里背来的，那玩意儿？"

"哪里也不哪里。"我说，"只是，我一直考虑很多事情，顾不上别的。"

朋友点点头，叹息一声。"知道的。以前你就这性格。"

"呃。"

我们很不来劲地继续喝了一个小时威士忌。

"我说，"我问，"到底什么地方让你那么心慌意乱？"

"就是说，总好像给老娘盯着似的。"

"为什么呢？"

"为什么……"他显得大为不解，"因为你背上贴着的是我母亲嘛！"

综合几个人的这类印象（我本身看不见她什么样），我背上贴的并非某个特定形象的穷婶母，而是能够随所看之人心中图像不断变换的类似乙醚的东西。

对一个朋友来说，乃是去年秋天死于食道癌的秋田狗。

"十五岁了，老得一塌糊涂。可干嘛偏偏得什么食道癌呢？可怜！"

"食道癌？"

"是的，食道里的癌，够受的！这玩意儿可千万别沾我。成天唏唏嘘嘘地哭，甚至声音都发不全。"

"唔。"

"真想给它来个安乐死，但母亲反对。"

"那又何苦？"

"天晓得！肯定是不想玷污自己的手吧。"他兴味索然地说，"靠打点滴活了两个月，在贮藏室的地板上。地狱啊！"

他沉默了好一会儿。

"倒也不是什么了不得的狗。胆小，见人就叫，百无一用，光是讨人嫌。皮肤病都得了。"

我点点头。

"倒不如不是狗，托生为蝉什么的说不定对它更幸福——怎么叫也不让人讨厌，又不至于得皮肤病。"

然而它依然是狗，口里插着一根塑料管贴在我背上。

对于一个不动产商来说，则是很早以前的小学女老师。

"昭和二十五年[1]，记得是朝鲜战争开始那年，"他边说边用厚毛巾揩脸上的汗，"她带我们班，带了两年。令人怀念啊！怀念归怀念，实际上差不多忘光了。"

看样子他把我当成了那位女老师的亲戚或别的什么人，劝我喝冷麦茶。

"想来人也够可怜的。结婚那年丈夫就给抓去当兵，坐运输船途中'嘣'一声完了。那是昭和十八年。她一直在小学教书，第二年空袭当中身上着了火，从左脸颊烧到左臂。"他用指尖从左脸颊往左臂划一条长线，一口喝干自己的麦茶，再次拿手巾揩汗。"人像是蛮漂亮，可怜啊……性格都好像变了。若是活着，也怕快六十了。是的，是昭和二十五年……"

1　一九五〇年。

这么着，如同绘制街区地图或安排婚礼座席，穷婶母的范围以我的背部为中心一圈圈扩展开去。

但与此同时，一个人又一个人如梳齿脱落一样从我身边离去。

"那家伙本人倒不坏。"他们说，"问题是每次见面都不得不看老娘（或死于食道癌的老狗或留下火烧伤痕的女老师）那张让人心慌的脸，实在吃不消。"

我觉得自己仿佛成了牙医的椅子。谁都不责怪我，也不怨恨我，却又全部躲避我，偶尔见面也都找出冠冕堂皇的理由赶紧逃之夭夭。跟你在一起觉得挺别扭的——一个女孩老实说道。

不是我的责任。

知道。说着，她难为情似的笑笑。若是你背着立伞架什么的，我想倒还可以忍受……

立伞架。

也罢，我想，本来我就不善于交往，较之背什么立伞架活着，眼下这样岂不好得多！

另一方面，我陷入了不得不应付几家杂志采访的困境。他们每隔一天来给我和婶母拍照。一旦她的相照不好，对方便气急败坏，提一大堆风马牛不相及的问题。我本身当然不会翻看刊登这类报道的杂志，如果翻看的话，肯定把绳子套到脖颈上去。

一次还上过电视的晨间节目。早上六点就被拖下床，用车拉去演播室，喝了杯不知什么味道的咖啡。主持人是个仿佛能从身体此侧看到彼侧的中年播音员，每天笃定刷六次牙。

"好了，这位是今天早晨的嘉宾……先生。"

鼓掌。

"早上好！"

"早上好！"

"呃——一个偶然的机会使得……先生背上了穷婶母。请您谈一下事情的经过和个中辛苦……"

"其实也谈不上有多么辛苦。"我说，"既不重，又不至于把我敲骨吸髓。"

"那么肩酸背痛什么的……"

"没那回事。"

"从什么时候开始赖在那里不动的呢？"

我简单介绍了独角兽铜像广场上的事，但主持人似乎没能吃透我的意思。

"也就是说，"他清清嗓子，"您坐在池边，而池中潜伏着穷婶母，穷婶母附到您背上去了——是这样的吧？"

我摇摇头。说到底，人们所需求的不过是笑话或蹩脚的鬼怪故事罢了。

"穷婶母不是幽灵。既不会潜伏在什么地方，又不至于附到谁身上。不妨说，那仅仅是词语。"我很无奈地予以解释，"只是词语。"

谁也不置一词。

"也就是说，词语这东西类似连接意识的电极。只要通过电极持续给予同一刺激，那里必然发生某种反应。反应的类型当然因人而异，就我而言，则类似独立的存在感，恰如舌头在口中急剧膨胀的感觉。而附在我背上的，归根结蒂乃是**穷婶母**这一词语，既没有含义又无所谓形式。说得夸张些，好比概念性符号。"

主持人一副不无困惑的神色。"您说既没有含义又无所谓形式，然而我们可以在你背部清楚地看见某种形迹，我们心中因之产生各所不一的含义……"

我耸耸肩："所谓符号便是这么个东西吧。"

"果真如此，"年轻的女助手打破了僵局，"如果你想消除，就能以自己的意志把那个印象或者存在什么的随意消除喽？"

"那不可能。一度产生的东西，必然脱离我的意志而存在下去。"

年轻的女助手现出费解的神情，继续发问："比方说吧，您刚才所说的词语，莫非我也能将其化为概念性符号不成？"

"能的。"我回答。

"假如我，"主持人此时插嘴进来，"每天无数遍重复**概念性**这个词语，那么我背部就迟早可能出现**概念性**形迹，是吧？"

"想必。"

"**概念性**一词转化为概念性符号啰？"

"完全如此。"演播室强烈的灯光弄得我头开始痛了。

"可是，所谓**概念性**究竟是怎么一副尊容呢？"

不晓得，我说。这个问题超出我的想象力，光是穷婶母一个人已经压得我够呛了。

当然世界上滑稽是无所不在的，有谁能从中逃脱呢？从强烈灯光照射下的演播室到深山老林中隐士的草庵，一切皆然。我背负穷婶母在这样的世界上踽踽独行。无须说，即使在如此滑稽的世界上我也是格外滑稽的，毕竟我背着一个穷婶母。如那个女孩所说，索性背一个立伞架什么的或许更为合乎情理。那样一来，人们就有可能把我算作同伙，我势必每隔一星期改涂一遍立伞架的颜色，出席所有的晚会。

"噢，这星期的立伞架是粉红色嘛！"一个人说。

"是啊，"我应道，"这星期的心情是粉红色立伞架式的么！"

招人喜爱的女孩子们没准也会主动搭话："嗳嗳，你的立伞架漂亮得不得了哟。"

同背负粉红色立伞架的男人同床共衾，对她们来说也无疑是一场美妙的体验。

然而遗憾的是，我背负的不是立伞架，而是穷婶母。随着时间的推移，人们对我和我背上的穷婶母的兴致迅速淡化，最终只留下些许恶意而彻底消失。归根结蒂——如我的女友所说——任何人都不会对什么穷婶母怀哪家子兴致。最初的一点点好奇走完其应走的路，剩下来的只有海底般的沉默。那是仿佛我同穷婶母已经融为一体的沉默。

3

"看到你出场的电视节目了。"我的女友说。

我们坐在上次那个水池边。有三个月没见她了，现在已是初秋时节。

"好像有点疲倦。"

"是啊。"

"可不大像你哟！"

我点点头。

她把长袖运动衫在膝头叠起好几次。

"你也终于有了自己的穷婶母了么，好像。"

"好像。"

"如何，感觉如何？"

"像是掉在井底的西瓜。"

她像抚摸猫似的抚摸膝头叠得齐整整的柔软的运动衫，边摸边笑。

"对她有所了解了？"

"多多少少。"

"那，可写了点什么？"

"没有。"我稍微摇了下头，"根本写不出，怕是永远写不出了。"

"怯阵了哟！"

"觉得写小说好像一点意思都没有。就如你那次说的，我对什么都奈何不得。"

她咬着嘴唇沉默了好一阵子。

"嗳，问我点什么。或许能多少帮你点忙。"

"作为穷婶母的权威？"

"那自然。"

不知从何处问起。半天才想起一个问题。

"我时常心想，当上穷婶母的究竟是什么样的人呢？"我问，"这穷婶母么，是生下来就是穷婶母呢，还是穷婶母式的状况犹如蚂蚁地狱一般，在街头张开大嘴把过路人一个接一个吞下去变成穷婶母呢？"

"彼此彼此。"她说。

"一码事？"

"嗯。就是说，说不定穷婶母自有穷婶母式的少女时代、青春时代，也可能没有，有没有都无所谓。世上肯定充满了几百万条之多的理由，生有生的几百万条理由，死有死的几百万条理由。理由那玩意儿多大一堆都能搞到手，但你追求的不是那玩意儿，对吧？"

"不错。"我说。

"她存在，如此而已。"她这样说道，"往下是你接受不接受的问题。"

我们再不说什么，就那样在池边久坐不动。秋日透明的阳光在她的侧脸勾勒出小巧的阴翳。

"不问问我在你背上看见了什么？"

"在我背上看见了什么？"

"什么也没看见。"她微微笑道，"只看见你。"

"谢谢。"我说。

＊

自不待言，时间将平等地掀翻每一个人，一如御者将老马打倒在路旁。然而那打法又极端安静，很少有人意识到自己的被打。

然而我们还是可以通过这个不妨比喻为水族馆玻璃窗的穷婶母，切近地目睹时间的流逝。在逼仄的玻璃箱内，时间像榨橙汁一样榨着婶母，榨到再也榨不出一滴为止。

吸引我的，便是她身上的这种完美性。

真的再也榨不出一滴了！

是的，完美性就好像密封在冰河里的尸体，坐在婶母这一存在的核心部位。不锈钢一般壮美的冰河，恐怕只有一万年的太阳才能使之融化。但穷婶母当然不可能活一万年。她将和其完美性同生，和其完美性同死，和其完美性同葬。

泥土下的完美性和婶母。

一万年过后，冰河有可能在黑暗中融化，完美性有可能挤开墓顶露出地表，而地表必定一改旧观。不过，倘若婚礼这一仪式犹自存在，那么穷婶母留下的完美性也许会应邀入席，也许会以无可挑剔的就餐规范吃完全套西餐，也许会起身致以热情洋溢的祝辞。

不过算了，不说这个了。毕竟那是公元——九八〇年的事了。

4

穷婶母离开我的背是在秋末。

我想起冬季到来之前必须办妥的事，遂同穷婶母一起乘上郊线电气列车。午后的郊线车乘客屈指可数。很久没往远处去了，我百看不厌地看着窗外风景。空气凉浸浸地一片澄明，山绿得近乎不自然，铁路两旁的树木点点处处缀着红色的果实。

回程列车上，通道另一侧的座席上坐着一个三十五六光景的瘦削的母亲和两个孩子。大些的女孩穿一件像是幼儿园制服的藏青色哔叽连衣裙，戴一顶带有红蝴蝶结的崭新灰毡帽，窄幅圆**帽檐**划着柔和的曲线向上翻卷——俨然小动物在她头顶悄然歇息。母亲和小女孩之间夹着三岁左右的小男孩，坐得显然不够舒服。哪班列车上都可见到的常规性母子镜头。既不特别赏心悦目，又不至于大煞风景；既不多么有钱，又谈不上贫穷。我打个哈欠，再次将头脑排空，脸歪向旁边，继续看与车行方向相反的风景。

她们三人之间发生什么是在大约十分钟后。母女两人那屏息敛气般断断续续的说话声蓦然将我拖回现实。已是薄暮时分，车厢古旧的电灯将三人染成黄色，恍若一幅旧相片。

"妈妈，可我的帽子……"

"知道知道了，乖乖的好不好！"

女孩将要出口的话咽了回去，一脸不服气的样子。中间坐的男孩把刚才姐姐戴的帽子拿在手里左一下右一下狠狠地拉扯不止。

"给人家抢回来嘛！"

"不跟你说要乖乖的么！"

"可都弄得那么皱皱巴巴的了……"

母亲瞥一眼小男孩，不无厌烦地叹了口气。我猜想母亲肯定累了。按揭的偿还和牙医的交款通知单以及过快推进的时间想必将暮色中的她彻底压垮了。

男孩仍在拉扯帽子。像圆规画出来一般滴溜溜圆的**帽檐**现已溃掉半边，一侧带有夸耀色彩的红蝴蝶结也在男孩手中揉成了一团，而母亲的漠不关心显然助长了他的气焰。等到他玩腻的时候，我估计帽子的外观恐已荡然无存。

女孩苦恼了一阵子，看样子也得出了和我同样的结论。她突然伸手推开弟弟的肩，趁对方懈怠之机一把抢过帽子，放在弟弟手够不到的位置。一切都是瞬间完成的，以致母亲和弟弟花了相当于一次深呼吸的工夫才理解其行为的含义。弟弟突然大哭，与此同时母亲"啪"一声一巴掌打在女孩裸露的膝盖上。

"瞧你妈妈，是他先……"

"在列车上吵吵闹闹的可不是我的孩子。"

女孩咬着嘴唇背过脸去，目不转睛地盯视着座席上的帽子。

"到那边去！"母亲指着我旁边的空位说。

女孩依然背着脸，试图不理会母亲笔直伸出的手指。但母亲的手指仿佛冻僵一般指着我的左边不动。

"赶快过去！你已经不再是我的孩子。"

女孩很无奈地拿起帽子和背包离开座位，慢慢穿过通道，坐到我旁边埋下脸去。看来她难以判断自己是否真的被逐出家门了。她想不开似的一个劲儿扯着两膝之间的**帽檐**的褶子。万一真被赶走，她想，自己往下该去哪里呢？她抬头看我的侧脸。真正干坏事的是他嘛！把人家的帽弄得这么没形没样的……几行眼泪从她低垂的两颊淌了下来。

小女孩长相一般。包拢着她的平庸与呆板，已经像烟一样沁入了她的面庞，荡漾在胖乎乎的小脸上的这种年龄女孩特有的玲珑剔透，恐怕也将在思春期来临时完全消失在不无钝感的丰腴中。我可以想象她的这种变化，想象她从拉扯帽褶的小女孩往成年人过渡的情景。

我头靠玻璃窗，闭目合眼，在脑海中推出从前邂逅的几名女友的面影，推出她们留下的若断若续的话语、她们无谓的习惯性动作、她们的眼泪和脖颈形状。如今她们走的是怎样的人生道路呢？她们之中的几个或者不知不觉之间匍匐在暗道上亦未可知，一如在黑暗中跑得晕头转向而不断被吸入夜幕下的森林深处的孩子。这种淡淡的悲哀如飞蛾的银粉一般在车厢昏黄的灯光中弥漫开去。我在膝头摊开两手，久久地注视着两个掌心。我的手又黑又脏，简直像吸足了好几个人的血。

我很想把手轻轻搭在身旁那个抽抽搭搭的小女孩肩头，但那样无疑会吓她一跳。我的手恐怕一个人都救不了，就像她无法使灰色毡帽的圆檐恢复如初一样。

从车上下来，周围已刮起了冬天的冷风。毛衣季节已经结束，厚大衣季节已经临近这座城市。

走下阶梯穿过检票口，我勉强从黄昏郊线列车的束缚中、从车厢黄色光照的诅咒中挣脱出来。不可思议的心情。仿佛体内有什么陡然脱落……我靠在检票口的一根柱子上，望了一会儿人群——裹着五颜六色各种各样外壳的男女河流一般从我面前通过。我忽然心有所觉：原来穷婶母已不知何时从我背部消失了。

完全和来时一样，她悄然从我背部离去，不为任何人觉察。我不知她此后去何处合适。我孑然独立，活像沙漠正中竖立的一根并无意义的标识。我将口袋里的硬币一个不剩地投入公用电话，拨动她宿舍的号码。铃响八次，第九次她接起。

"睡觉来着。"她用含糊不清的声音说。

"傍晚六点就？"

"昨晚工作一直忙得不可开交，好歹处理完都快两点了。"

"抱歉，吵醒你了。"我说，"其实是想确认你是不是真的活着，可是表达不好。"

她低声笑了起来："活着呢。为了活下去而拼死拼活地干，结果困得要死。这样可以了？”

"不一起吃顿饭？"

"对不起，什么都懒得吃。现在只想睡觉，只想睡。"

"本来想跟你说说话的。"

电话另一头的她沉默片刻。或者只是打哈欠也有可能。

"下回吧。"她一字一顿地慢慢说道。

"下回是什么时候？"

"反正是**下回**。让我睡一会儿好了。睡一会儿起来，我想肯定
一切顺利。明白？"

"明白了。"我说，"晚安。"

"晚安！"

电话随即挂断。我定定地看了一会手中的黄色听筒，轻轻放
回。肚子好像饿得瘪瘪的，想吃东西想得不行。假如**他们**给我什
么，我说不定会趴在地上连**他们**的手指都舔干净。

没问题，就舔你们好了。舔罢像被雨淋过的枕木一样大睡
特睡。

我靠着候车大厅的窗口，点燃一支烟。

假如，我想，假如一万年后出现全部由穷婶母组成的社会，她们肯为我打开城门吗？城里有穷婶母们选举的穷婶母们的政府，有穷婶母们握着方向盘的穷婶母们乘坐的电车，有出自穷婶母们之手的小说，应该有。

不不，也许她们觉得无需那些劳什子，政府也罢电车也罢小说也罢……

她们可能制作若干个巨型醋瓶，甘愿进入瓶中静静地生活。从天上望下去，地表想必排列着几万几十万只之多的醋瓶，无边无际，触目皆是，景象肯定无比壮观。

是的，如果世界上还有挤得下一首诗的余地，我不妨写诗。穷婶母们的桂冠诗人。

不坏。

歌颂照在深色醋瓶上的太阳，歌颂脚前铺展的晨露晶莹的草海。

然而归根结蒂，那是公元一一九八〇年的事。一万年时间等起来实在过于漫长。那之前我必须度过无数个冬季。

纽约煤矿的悲剧

地底下的营救作业

或许仍在进行

也可能徒唤奈何

一个个撤离矿井

——《纽约煤矿的悲剧》
(New York Mining Disaster 1941)

(作词、演唱:比吉斯)

有个人十年如一日固守一个颇为奇特的习惯:每当台风和暴雨来临,他就非去动物园不可。此人是我的朋友。

台风逼近市区，地道的男女无不"啪嗒啪嗒"上好木板套窗，确认收音机和手电筒是否管用。而一到这个时候，他便披起防雨斗篷——那是越南战争打得正紧时他搞到手的美军发放的军用品——怀揣罐装啤酒，走出门去。

运气不好，动物园四门紧闭：

天气欠佳　本日闭园

理所当然。到底有谁会在刮台风的下午跑来动物园看哪家子长颈鹿和**斑马**呢！

他欣然作罢，弓身坐在门前并列的松鼠石雕上，将一罐温吞吞的啤酒喝了，喝罢回家。

运气好，门仍开着。

他付钱进去，费力地吸着倏忽间湿得一塌糊涂的香烟，一只又一只仔细观看动物们。

动物们缩进兽舍，或以空漠的眼神从窗口看雨，或在强风中亢奋得上蹿下跳，或在急剧变化的气压下惶惶不安，或忿忿不平。

他总是坐在孟加拉虎的围栏前喝一罐啤酒（因为孟加拉虎总是对台风气急败坏），在大猩猩那里喝第二罐啤酒。大猩猩几乎对台风无动于衷，总是以悲天悯人的神情看着他以半人鱼的姿势坐在水泥地上喝啤酒的情景。

"感觉上就好像两人碰巧同坐一台出了故障的电梯。"他说。

不过，除了刮台风的下午，他却是个极为**地道**的人物，在一家不甚有名但感觉不错的不大的外资贸易公司工作，独自住在一座整洁小巧的公寓里，每半年换一个女朋友。至于他到底出于何种原因必须那么频繁地更换女朋友，我全然不得而知，因为她们全都像细胞分裂出来似的一副模样。

不知何故，多数人宁愿不顾实际，把他看作一个远为平庸而迟钝的人，可是他从来不以为意。他有一辆性能不坏的半旧小汽车，有巴尔扎克全集，有参加葬礼穿的正合身的黑西装黑领带黑皮鞋。

"对不起，"我每每如此开口，"又是葬礼。"

"请讲请讲。"他屡屡这样应道。

从我住处到他公寓，搭出租车约十五分钟。

进他房间一看，熨好的西装和领带已整齐地放在茶几上，皮鞋也已擦好，电冰箱里冻着半打进口啤酒。他便是这一类型的人。

"近来去动物园看猫来着。"他边说边打开啤酒瓶盖。

"猫？"

"嗯。两个星期前出差上北海道，去了旅馆附近一座动物园，园里有个小围栏，标牌上写着'猫'，里面猫正在睡觉。"

"什么猫？"

"普普通通的猫。褐色条纹，短尾巴，胖得不得了。而且老是**大模大样**躺着睡大觉。"

"在北海道猫肯定少见。"我说。

"何至于。"

"问题首先是：为什么猫就不能进动物园？"我询问，"猫不也是动物？"

"约定俗成嘛。就是说，因为猫和狗是**屡见不鲜**的动物，犯不上特意花钱去看。"他说，"和人一样。"

"高见。"

喝罢半打啤酒，他把领带和带塑料罩的西装以及鞋盒整整齐齐地放进一个大纸袋。看样子马上就可以去哪里郊游。

"总给你添麻烦。"我说。

"别介意。"

不过，这套西装自三年前做好以来，他本人几乎没有上过身。

"谁也不死。"他说，"说来不可思议，这西装做好后竟一个人也不死。"

"规律。"

"千真万确。"他说。

☆

千真万确，那年葬礼多得一塌糊涂。我身边，现在的朋友和往日的朋友接二连三地死去，景象宛如盛夏烈日下的玉米田。我二十八岁那年。

周围的朋友也大多这个年龄。二十七、二十八、二十九……年龄并不适合于死。

诗人二十一岁死，革命家和摇滚乐手二十四岁死。只要过得此关，暂时便无大碍。这是我们的基本预测。

传说中的不吉祥角已然拐过，灯光幽暗的潮乎乎的隧道也已穿出，往下只要顺着笔直的六车道（即使不太情愿）朝目的地开足马力即可。

我们剪了头发，每天早上刮净胡须。我们已不是诗人不是革命家不是摇滚乐手，已不再睡在电话亭里，不再在地铁车厢内吃一袋樱桃，不再凌晨四点用大音量听"大门乐队"密纹唱片。应酬性地参加了人寿保险，开始在宾馆酒吧里喝酒，也开始拿好牙医给的收据接受医疗补贴。

毕竟年已二十八……

始料未及的杀戮尾随而至。堪称**偷袭**。

我们正在悠悠然的春日阳光下换衣服。不是尺寸横竖不合适，就是衬衣袖反了过来，抑或左腿插进现实性裤子而右腿落入非现实性裤子中——一场不大不小的骚动。

杀戮随着奇妙的枪声一同降临。

仿佛有人在形而上的山丘上架起形而上的机枪，朝我们喷射形而上的子弹。

然而归根结蒂，死只能是死。换言之，从帽子里蹿出也好，从麦田里跳出也好，兔只能是兔。

高温**灶**只能是高温**灶**。从烟囱升起的黑烟只能是从烟囱升起的黑烟。

☆

最初跨过现实与非现实（或非现实与现实）之间横陈的那个深渊的，是当初中英语老师的大学同学。婚后第三年，妻子为了生孩子，年底回四国娘家去了。

一月间一个过于暖和的星期日下午，他在百货商店五金柜台买了一把锋利得足可削掉象耳的西德剃须刀和两盒剃须膏，回家烧好洗澡水，又从冰箱里拿出冰块，喝空一瓶苏格兰威士忌，随后在浴缸中一刀切开手腕血管死了。

两天后他母亲发现了尸体。警察赶来拍了几张现场照片。倘若好好配上一盆花卉，简直可以用来做番茄汁广告。

自杀——警察正式发表看法。家中上着锁，何况当天买剃须刀的是死者本人。

至于他出于什么目的买根本不可能用上的剃须膏（且是两

盒），则无人知晓。

可能他不能很快适应自己将在几个小时后死去这一念头。或者害怕商店售货员看出自己将要自杀亦未可知。

没有遗书没有潦草写下的字条，什么也没有，唯独酒杯和空威士忌瓶和装冰块的小桶以及两盒剃须膏留在厨房餐桌上。

肯定他在等洗澡水开的时间里，一边左一杯右一杯往喉咙里倾注加冰翰格（haig）威士忌，一边持续盯视剃须盒来着。并且说不定这样想道：

我已无须刮第二次胡须了！

二十八岁青年的死，如冬天的冷雨一样令人黯然神伤。

☆

接踵而至的十二个月之间，四个人死了。

三月，沙特阿拉伯或科威特的油田事故中死了一人。六月死了两人，死于心脏病发作和交通事故。七月至十一月和平时光连续。十二月中旬，最后一人同样死于交通事故。

除去一开始提到的自杀的朋友，那几个差不多一瞬间就没命了，连意识到死的时间都没有，给人的感觉就像在漫不经心爬早已爬熟的楼梯时突然踩空了一块踏板。

"给我铺上褥子好么？"一个男子说。他就是六月死于心脏病发作的那个朋友。"后脑勺嘎巴嘎巴直响。"

他钻进被窝睡了，再未醒来。

十二月死的女孩在那一年中年龄最小，也是唯一的女性死者。二十四岁，革命家和摇滚乐手的年龄。

圣诞节前一个冷雨飘零的黄昏，啤酒公司的送货卡车和混凝土电线杆之间形成一个悲剧性的（且极为日常性的）空间，她被夹死在那个空间里。

☆

参加完最后一个葬礼的几天之后，我带上刚从洗衣店取回的西装和礼品威士忌，来到西装主人的公寓。

"实在谢谢了，帮了大忙。"

"不用介意，反正我也不用。"他笑道。

冰箱里仍有半打冰镇啤酒，坐感舒适的沙发微微漾出太阳味儿。茶几上放着刚洗净的烟灰缸和圣诞节用的盆栽一品红。

他接过带塑料罩的西装，以把刚刚冬眠的小熊放回洞穴的手势轻轻收进立柜。

"但愿西装没有沁入葬礼味儿。"我说。

"无所谓，本来就是派那个用场的衣服。担心的倒是衣服里边的你。"

"唔。"

"毕竟葬礼一个接一个。"他把腿架到对面沙发上，边说边把啤酒倒进玻璃杯，"一共几个？"

"五个。"我把左手指全部伸开给他看，"不过，已经结束了。"

"结束了？"

"那么感觉的。"我说，"死的人数够可以的了。"

"蛮像金字塔咒语的嘛：星星在天空巡回，月影遮蔽太阳，那时……"

"是那么回事。"

喝罢半打啤酒，我们开始对付威士忌。冬日的夕晖犹如徐缓的坡路一般射入房间。

"你最近脸够阴沉的。"他说。

"是吗？"

"肯定半夜想**东西**想过头了。"

我笑着抬头看天花板。

"我么，半夜已经不想东西了。"他说。

"不想了干什么？"

"一不开心就大扫除。开吸尘器，擦窗，擦玻璃杯，搬桌子，一件接一件熨衬衫，晒椅垫。"

"嗬。"

"十一点一到就喝酒睡觉，没别的。等到早上起来擦皮鞋的时候，大多数的事都忘了，忘得一干二净。"

"哦。"

"人在深夜三点会想起很多很多事情，这个那个的。"

"有可能。"

"深夜三点动物都想**东西**。"他突然想起似的说，"深夜三点可去过动物园？"

"没有，"我怔怔地回答，"没去过，这还用说。"

"我去过一次。求了熟人，本来不能进去的。"

"呃。"

"奇特的体验！用嘴我是说不好，感觉就好像地面无声无息地四分五裂，有什么从中爬上来，而眼睛又看不见爬上了什么。反正它们在黑暗中蹦来跳去，像凉瓦瓦的气块。肉眼看不见，但动物们感觉得到**它们**，我则感觉得到动物们感觉到的**它们**。总之，我们脚踏的这个大地一直通到地球的核心，多得惊人的时间给地球核心吸了进去……这你不觉得离奇？"

"啊。"

"再不想去第二次了，半夜去什么动物园！"

"台风时还顺利？"

"嗯，"他说，"台风时顺利得多。"

电话铃响了。

照例是他细胞分裂式的女友打来的没完没了的电话。

我无奈地打开电视。二十七英寸电视，手指轻轻一碰手边的遥控器，频道就悄然变换。音箱有六个之多，觉得像进了过去的电影院，兼放新闻纪录片和动画片的电影院。

我上下换了两轮频道，决定看新闻节目。国境纠纷，大楼失火，币值升降，汽车进口限制，寒季游泳比赛，全家集体自杀。每起事件都像初中毕业照似的多少在某处相关相联。

"看到有趣新闻了？"他折回来问道。

"算是吧。"我说，"好久没看电视了。"

"电视起码有一个优点，"他想了一会说，"可以随时关掉。"

"压根儿不开更好。"

"真有你的！"他惬意地笑笑，"不过我可是有爱心的人哟。"

"像是。"

"可以了？"说着，他按下手头的电源开关。图像即刻消失，房间**静悄悄地**没了声音。窗外大厦的灯开始闪亮。

五六分钟时间里，我们没什么要谈的话题，一个劲儿喝威士忌。电话铃又响了一次，这回他佯装未闻。铃声响罢，他心血来潮地重新打开电视。图像立时返回，新闻解说员用一根棍子指着身后的曲线表继续就石油价格的波动喋喋不休。

"这小子根本没意识到我们关了五分钟。"

"那是的。"我说。

"何故？"

我懒得动脑筋，摇了下头。

"因为在关掉电视那一瞬间，双方都成了零。无论我们还是那家伙，都是零。"

"不同看法也是有的哟。"我说。

"那自然。不同看法能有一百万种。印度长着椰子树，委内瑞拉从直升机上撒政治犯。"

"噢。"

"别人的事我不想说三道四，"他说，"但世上不办葬礼的死法也是有的，无气味的死也是有的。"

我默然点头，用手指捏捏一品红的绿叶，"已经是圣诞节了。"

"对了，还有香槟呢，"他一本正经地说，"从法国拿回来的上等货。不喝？"

"是给哪里的女孩备的吧？"

他把一瓶冰镇香槟和两个玻璃杯放在茶几上。

"不知道吗？"他说，"香槟什么用途也没有，只有在该开瓶盖
的**时候**。"

"有道理。"

我们打开瓶盖。

然后谈起巴黎的动物园及其动物们。

☆

那年年底有个小型晚会。每年都租用六本木一带的酒店开的晚
会，从傍晚一直开到第二天元旦。有不太糟糕的钢琴三重奏进场，
有美酒佳肴上来，加之几乎没有熟人，只要呆坐角落即可，因此算
是蛮开心的聚会。

当然要被介绍给几个人。呀初次见面／嗯是啊／正是正是／也就那
么回事吧／顺利就好顺利就好。如此不一而足。我微笑着找合适时机
离开他们，换一杯对水威士忌返回角落里的座位，继续思考南美大
陆各国及其首都。

不料那天被介绍给我的女性竟手拿两杯对水威士忌跟到我座位

前面来了。

"是我主动请人把自己介绍给你的。"她说。

她虽非引人注目的美女，但给人的感觉极好，而且恰到好处地穿一身价值不菲的蓝色丝绸连衣裙。年龄三十二岁上下吧。只要有意，她完全可以打扮得更年轻些，但她好像认为没那个必要。两手共戴三只戒指，嘴角漾出夏日黄昏般的笑意。

由于话未能顺利出口，我也面带和她同样的笑意。

"你和我认识的一个人一模一样。"

"噢。"这话和我学生时代常用的甜言蜜语如出一辙，不过看上去她不像玩弄那种惯用伎俩的人。

"脸形、体形、气质、说话方式，全都一模一样，简直叫人吃惊。你一来我就观察你。"

"既然有人跟我那么像，很想见上一面。"我说。这也是过去我在哪里听过的台词。

"真的？"

"嗯。不过有一点点怕。"

她的笑意陡然加深，又马上复原。"可是不成啊，"她说，"五年前就死了，正是你现在这年龄。"

"哦。"

"我杀的。"

钢琴三重奏似乎结束了第二场演奏，四周噼里啪啦响起有气无力的掌声。

"像是谈得很有进展嘛。"晚会女侍应生来到我们身旁说。

"嗯。"我应道。

"那当然。"她高兴地接上一句。

"若有什么想听的曲目，他们可以给我们弹，如何？"女侍应生问。

"不不，可以了，就在这里这么听一听蛮好。你呢？"她说。

"我也同样。"

女侍应生莞尔一笑，转去另一张餐桌。

"喜欢音乐？"她问我。

"如果是好世界上听好音乐的话。"我说。

"好世界上哪里有什么好音乐！"她说，"好世界的空气是不振动的。"

"言之有理。"

"看过沃伦·比蒂主演的在夜总会弹钢琴的电影?"

"没有,没看。"

"伊丽莎白·泰勒是夜总会的来客,穷极了惨极了,那个角色。"

"唔。"

"这么着,沃伦·比蒂就问伊丽莎白·泰勒:有什么想听的曲目?"

"那么,"我问,"想听什么来着?"

"忘了,过去的电影嘛。"她闪了闪戒指,喝一口对水威士忌,"不过我不喜欢自选曲目,总有些让人提不起兴致,就像从图书馆借来的书,刚开始就得考虑完了时的事。"

她叼起烟,我拿火柴给她点上。

"好了,"她说,"还是说和你相像的那个人吧。"

"怎么杀的?"

"投到**蜂箱**里去了。"

"说谎吧?"

"说谎。"她承认。

我喝口水来代替叹气。

"当然不是法律上的杀人，"她说，"也不是道义上的杀人。"

"既非法律上的杀人又非道义上的杀人，"我归纳——虽然并不情愿——她的话的要点，"然而你杀了人。"

"不错。"她不无得意地点点头，"杀了非常像你的人。"

乐队开始演奏。一支想不起名的旧曲子。

"五秒都没花上，"她说，"杀他的时候。"

沉默持续有顷。看样子她在细细把玩沉默。

"关于自由你可想过？"她问。

"时不时的。"我说，"干嘛问起这个？"

"能画雏菊？"

"或许……活像智商测试嘛！"

"差不许多。"说罢，她笑了笑。

"那，我可通过了？"

"嗯。"她回答。

"谢谢。"

乐队开始演奏《萤之光》（Auld Lang Syne）。

"十一点十五分。"她扫了一眼项链坠儿上的金表说道，"我么，顶顶喜欢《萤之光》。你呢？"

"《牧场上的家》（Home On the Range）更好，出来**羚羊**啦野牛啦什么的。"

她再次莞尔一笑。

"能和你说话，真是有趣。再见！"

我也道声"再见"。

☆

为了节约空气，矿灯被吹灭了，四下笼罩在漆黑之中。谁也不开口，唯独每五秒钟从头顶滴落一次的水滴的声音在黑暗中回响。

"大家尽量少喘气，剩下的空气不多了。"年长的矿工说。声音虽然沉静，但头顶的岩体还是微微吱呀着发出回应。矿工们在黑暗中把身体靠在一起，侧耳倾听，只等一个声音传来：鹤嘴镐的声音，即生命的声音。

他们已这样持续等待了好几个小时。黑暗在一点点把现实溶解。事情仿佛发生在极其久远的往昔、极其遥远的世界。也可能一切发生在极其久远的将来、极其遥远的地方。

大家尽量少喘气，剩下的空气不多了。

外面，人们当然在不断掘洞。恰如电影里的一个镜头。

袋鼠通讯

噢,您好吗?

今天休息,早上去附近动物园看袋鼠来着。不是什么了不得的动物园,但一般动物——从大猩猩到大象——也还算是齐全的。不过,如果您对美洲驼和食蚁兽入迷,恐怕还是别来这个动物园为好。这里没有美洲驼没有食蚁兽,没有非洲羚羊也没有鬣狗,连豹都没有。

袋鼠则有四只。

一只小崽,两个月前刚生下来。另外一公两母。至于家庭成员之间究竟是怎样一种关系,我却揣度不出。

每次看袋鼠我都觉得不可思议:对于生为袋鼠这点,其本身到底作何感想呢?它们何苦在什么澳大利亚那种傻呆呆的地方以那般不伦不类的形体到处蹦来蹦去呢？何以会被回飞镖那种并不精巧的小木棒一下子击毙呢？

不过，说起来这都是无所谓的，不是什么大问题，至少同正题无关。

总之我在看袋鼠的时间里，开始觉得该给您写封信去，仅此而已。

或许您觉得奇怪——为什么一看袋鼠就想要给我写信呢？袋鼠和自己到底有什么关系呢？但这个请您不必介意。袋鼠是袋鼠，您是您。袋鼠同您之间，并不存在特别引人注目的明确关联。

事情其实是这样的：

袋鼠同给您写信之间有三十六道微妙的工序，而在按部就班一一追寻的过程中，我走到了给您写信这一步，就是这么回事。那工序么，一道道介绍起来您怕也不明所以，况且我也没记清楚。毕竟三十六道哟！

其中倘若有一道乱了套，我也不至于给您写这样的信，说不定会心血来潮地在南冰洋纵身跳上抹香鲸的脊背或者给附近香烟铺放一把火也未可知。然而在三十六这一巧合数字的诱导下，我正在这样地给您写信。

不觉得挺莫名其妙么？

那么，先从自我介绍开始吧。

我二十六岁，在一家商店的商品管理科工作。我想您不难想见，这工作委实无聊之至。首要事务是检验采购科决定购入的商品有无瑕疵——目的在于防止采购科同厂家串通一气，做得可没有您所想象的那么巨细无遗。因为过去倒也罢了，如今的商店从指甲刀到摩托艇无所不卖，加之商品天天花样翻新，如果仔仔细细逐一检验，即使一天有六十四个小时、我等生有八只手，怕也应付不来，而且公司方面也并不要求我们科发挥如此职能。所以一般说来只是稍微拉一下皮鞋带扣或抓几粒糖果，适可而止。这也就是所谓的商品管理。

因此，相对说来我们的工作重点是放在对症疗法上——接到投诉后再一个个检验。我们进行分析，查明原因，或向厂家提意见，或中止进货。例如，长筒袜刚买到便两只相继绽线啦，发条熊从桌上掉下去就不再动弹啦，浴衣给洗衣机一洗竟缩小四分之一啦，如此等等，不一而足。

想必您不晓得，这类投诉实在多得令人厌倦。我们处理的仅仅是对商品本身的投诉，可数量还是惊人地多，不断有投诉信飞来商店。我所在的科一共四个人，可以说我们从早到晚都给人家的投诉追打得叫苦不迭，简直像有饥不可耐的猛兽从后面追扑我们。投诉信中既有言之有理的，也有胡搅蛮缠的，还有很难断定属于何者的。

我们姑且把它们分 ABC 三类。房间正中有 ABC 三个大盒，信就放到里边去。我们将这项作业称为"理性三阶段评价"，这当然是职业上的玩笑，别往心里去。

下面介绍一下何谓 ABC 三类。

（A）合情合理的投诉。属于必须由我方负责的情况。我们将提着糕点盒去顾客家拜访，换以应换的商品。

（B）道义上商业习惯上法律上尽管我方没有责任，但为了不使商店形象受损，为了避免不必要的麻烦，而采取相应措施。

（C）显然是顾客责任，我方说明情况，不予退换。

这样，我们就您日前寄来的投诉信进行了慎重研究。结论是：

您的投诉性质属于 C 类。作为原因——好么，请您认真听一下：

① 一度买下的唱片，② 尤其在一周之后，③ 不可能在连收款条都没有的情况下予以更换其他商品。**世界上任何地方都不会更换**。

我说的您理解么？

那么，我的解释就此结束。

您的投诉未被接受。

但若离开职业角度——实际上我也多少偏离开来，作为我个人，对于您的投诉、对于您分不清勃拉姆斯和马勒而买错唱片的投诉，是由衷同情的。不骗您。正因如此，我向您发出的才不是应付了事的事务性通知，而是这封在某种意义上包含亲密意味的信函。

实不相瞒，一周时间里我不止一次想给您写信来着。"对不起，从商业习惯上不能更换唱片，但您的来信中有某种让我心动的东西，故我想从个人角度啰嗦几句……"便是这样的信。可是未能顺利写成。写文章我绝不伤脑筋，相对说来——自己说或许不大妥当——还算是擅弄笔墨之人，记忆中很少为写信抓耳挠腮。然而每当要给您写信，脑海里却怎么也上不来合适字眼。浮上来的全都词不达意，即便字面上正确，其中也感觉不出心情。不知多少回写罢装入信封，甚至贴好邮票又撕掉了。

这么着，我决意不给您回信了。与其回有缺憾的信，还不如什么也不回为好。您不这样认为？我是这样认为的。不完美的信犹如有印刷错误的时刻表，那玩意儿压根儿不存在倒干脆得多。

不料今早在袋鼠栏前，从三十六这一巧合数字中，我得到一个启示，即**大的不完美性**。

或许您要问——当然要问——什么叫**大的不完美性**呢？所谓大的不完美性，简言之就是在结果上某人可能原谅某人。例如我原谅袋鼠，袋鼠原谅您，您原谅我。

但是，这样的循环当然不是永恒的，有时袋鼠或许不乐意原谅您。不过您别因此而生袋鼠的气。这既不怪袋鼠又不怪您，或许也怪不到我头上。袋鼠那方面情况也是极其复杂的，到底又有谁能怪罪袋鼠呢？

我们所能做到的只是捕捉瞬间，捕捉瞬间拍下纪念照。前排左起：您、袋鼠、我，如此这般。

我放弃了写文章的努力，而三言两语的事务性通知也写不成。字那东西是不可信任的。如我写"巧合"两字，但您从"巧合"这一字体中得到的感觉，与我从同一字体中感觉到的，说不定会截然不同或者完全相反。这岂非极不公平？我连裤头都退了下来，您却只解开衬衫的三个纽扣。无论怎样看都是不公平的，不是吗？我不喜欢不公平性。当然世界这东西原本就是不公平的，但至少自己不愿意主动助长它的气焰。这是我的基本态度。

所以我把我要对您讲的录到磁带里。

口哨：《波基上校进行曲》（Colonel Bogey March）8 小节

怎样，听得见么？

我不知道您收到这封信即这盘磁带后将是怎样的心情。坦率地说，完全无从想象。有可能您感到极为不快，因为商店负责商品管理的人对顾客的投诉信寄来录音磁带——何况录的又是私人口信——作答，无论谁无论怎么看都属极其异常的事态，换个看法甚至可以说是非常荒唐的。并且，如果您心生不快或勃然大怒而将磁带寄给我的上司，我在公司将陷入甚为微妙的境地。

若您有意，就请这样做好了。这样做我也绝对不会生您的气以至怨恨您。

知道吗，我们的立场是百分之百对等的。就是说，我有给您写信的权利，您有威胁我生活的权利，是不是？怎么样，公平吧？不错，我是要为此负相应的责任。我做这样的事并非出于开玩笑或恶作剧。

对了，忘了说了，我把这封信取名为"袋鼠通讯"。

毕竟什么东西都要有个名称。

比如您若写日记，较之拖泥带水地写什么"今天接得商店负责商品管理的人对自己投诉的答复（录进盒式磁带里的）"，还是写"今天接得'袋鼠通讯'"来得痛快。如何，简单点不坏吧？再说您不认为"袋鼠通讯"是个十分漂亮的名字？在辽阔草原的那一边，不是有袋鼠肚袋里揣着信一蹦一跳地跑过来了？

橐、橐、橐（敲桌子声）。

这是在敲门。敲门、敲门、敲门……明白吧？我是在敲您家的门。

假如您不想开门，不开也不碍事。真的。作为我的确怎么都无所谓。不愿再听下去，就请马上停止，把磁带投进垃圾箱。我只是想坐在您家门前一个人说上一会儿，仅此而已。至于您听还是没听，我根本无由得知；既然不知，您实际上听没听岂非一回事！哈哈哈。这也是事态公平的一个佐证。我有说的权利，您有不听的权利。

可以么，反正往下进行好了。我不认为不拿稿子不列提纲对着麦克风讲话是再难受不过的事。感觉上就好像站在沙漠正中用玻璃杯洒水。眼睛一无所见，手上一无所感。

所以，此刻我正面对 VU 仪表讲话。知道 VU 仪表吗？就是随着音量左右摇颤的**那玩意儿**。我不晓得 V 和 U 是哪个词的头一个字母，但不管怎么说，它是对我的演说给予反应的唯一存在。

其实 V 和 U 是一对紧密配合的搭档。非 V 即 U，非 U 即 V，舍此无他，无可挑剔。我想什么也罢，说什么也罢，对谁说也罢，它们概不理会。它们感兴趣的仅仅是我的语音如何震动空气。对于它们来说，我的存在乃空气震颤所使然。

不以为很妙？

一瞧见它们，我就觉得无所谓说什么，反正就是要说下去。什么都没关系。完美也好不完美也好，它们都不以为然。它们追求的只是空气的震颤。这是它们的食粮。

唔。

对了对了，近来我看了一部十分可怜的电影。里面无论怎么说笑话别人硬是不笑。听见了么，一个笑的都没有的。

现在这么对着麦克风讲起来，不由想起那部电影。

不可思议啊！

同样的台词，有人说出口好笑得要死，换个人就半点儿也不好笑，岂非不可思议？于是我猜想，个中差别大约是与生俱来的，那感觉就好比半规管的端头比别人的稍微多个小弯儿。我时常想，自己若是有那样的本事该是何等幸福。我想起好笑的事来总是一个人笑得前仰后合，而一旦出口讲给别人听，便一点儿、一丝一毫也没有意思了，就好像自己立时成了埃及沙人，更何况……

晓得埃及沙人吗？

呃——埃及沙人是作为埃及王子出生的。是很早很早以前的事了，怕是发生在金字塔、狮身人面像时代。但他相貌生得十分丑陋——实在丑得可怕，国王因此看不上他，把他扔进密林深处。后来怎么样呢，后来总算在狼啦猴子啦的抚养下存活下来，这也是常有的故事。不知什么缘故，他竟成了个沙人。沙人嘛，就是大凡给他手碰过的东西无不变成沙子。微风变成沙尘，小溪变成流沙，草原变成沙漠。这就是沙人的故事。听过么？没有吧？是我自己胡编乱造的嘛，哈哈哈。

总之，我这么向您说起话来，就好像成了埃及沙人。凡是自己手触的东西全都是沙、沙、沙、沙、沙、沙……

我似乎对自己本身说得过多了，不过想来这也是奈何不得的事，毕竟我对您几乎一无所知。关于您我所知道的，无非是姓名住址罢了，而年龄多大、年收入多少、鼻子形状如何、是胖是瘦、结婚与否，我都全然不晓。但这并非什么大问题。这样反倒方便。可能的话，我想单纯地、尽可能单纯尽可能形而上地处理事物。

就是说，这里有您的信。

对我这已足矣。

打个极不恰当的比方吧，我可以像动物学家通过在森林里采集粪便来推测大象的饮食生活、行动规律以及体重和性生活一样，仅依据一封信来实际感受您的存在。自然，不包括容貌和香水种类等无聊内容。存在——只是存在本身。

您的信实在极富魅力。行文、笔迹、标点、起行、修辞，全都完美无缺。我说的不是出色，而是说完美，完美得无可更动。每个月我都要看不止五百封的投诉信和报告书，但老实说，读您这封如此令人感动的投诉信还是初次。我把您的信悄悄带回家中，反复看了不知多少遍，并彻底进行了分析。信不长，费不了多少时间。经过分析，弄清了许多事实。首先一点是顿号多得无可争辩，同句号的比例为1∶8.36。怎么样，不觉得多？不，不只是多，而且用法也实在随心所欲。

噢，这么说，您可别以为我是在拿您的文章取笑，我仅仅是出于感动。

不错，是**感动**。

也不光是标点，您信中的一切——直至墨水的每一个晕点都在挑逗我摇撼我。

为什么呢？

归根结蒂，因为您不存在于文章中。情节当然有的。一个女孩——或一名女士——错买了一张唱片。唱片中的乐曲似乎不对头倒是有所感觉，但注意到唱片本身就没买对却整整花了一个星期。卖唱片的女孩不给换，于是写投诉信来。这是情节。

我看到第三遍才理解这一情节。这是因为，您的信同我们接到的其他任何投诉信都毫不相同。投诉信自有投诉信的写法，或气势汹汹，或低声下气，或强词夺理，无论调门如何，都可从中测知投诉人的存在这一内核。有这个内核，方可以此为轴心构成形形色色的投诉。不骗您，我读过各种各样的投诉信，堪称投诉权威。然而您的投诉，以我的眼光看来连投诉都算不得的。因为发出投诉的您本身同所投诉的内容之间几乎找不到类似联系的东西，就好比不连接血管的心脏、没有链条的自行车。

坦率地说，我颇有点苦恼，根本闹不明白您信的目的到底是投诉是坦白还是宣言，抑或是某种命题的确立。您的信使我联想起大规模屠杀现场的照片。没有评论，没有说明，唯独一张照片，一张在陌生国家陌生道路旁边横躺竖卧的死尸照片。

甚至您究竟意图何在我都摸不清楚。您的信犹如临时堆起来的蚁穴一般错综复杂，却连一个抓手都没提供。委实十分了得！

砰砰砰砰……大规模屠杀。

这么着，还是让我们把事情稍微单纯化一点好了，非常非常单纯地。

就是说，您的信使我产生了性亢奋。

是的，是性方面的。

我要谈一下性。

橐、橐、橐。

敲门声。

若无兴趣，请止住录音带就是。沉默十秒钟，之后我对着麦克风自言自语。所以，如果您不想听，这十秒钟时间里就请止住磁带取出扔掉或寄回商店。听清了么，现在开始沉默。

（十秒钟沉默）

开始。

前肢短小有五趾，后肢明显长大有四趾，唯独第四趾发达有力，第二趾第三趾极短小并相互并拢。

……这里是一段袋鼠脚的描写。哈哈哈。

那么谈一下性。

自从把您的信带回家后，我一直在考虑同您睡觉。上床时身旁有您，醒来时您仍在身边，我睁眼时您已起身，耳畔传来您拉连衣裙拉链的声响。不过我——知道么，若是让作为商品管理科人员的我说上一句，再没有比连衣裙拉链更容易坏的了——仍闭目合眼佯装熟睡。我没办法看见您。随后您穿过房间消失在卫生间里。我总算睁开眼睛。吃完饭，去公司上班。

夜色漆黑——为使其变得漆黑，我特意安了百叶窗。您的脸当然看不见，年龄体重也不晓得，所以不能用手摸您的身体。

也罢，未尝不可。

说实在话，同不同您做爱均无不可，都没有关系。

……不不，不对。

让我稍思考一下。

OK，是这么回事。我想同您睡觉，但不睡也无所谓。就是说——前面也已说过——我想尽量处于公平立场，而不愿意把什么强加于人或被人强加于己。只消在身边感受到您，只消您的标点符号围着我跑来跑去，我即别无他求。

您能够理解吗？

也可作如下解释：

有时候，我对思考"个"——个体的个——感到异常痛苦，一开始思考身体就像四分五裂开来。

……例如乘电车。电车上有几十个人之多，原则上想来无非是"乘客"而已，从青山一丁目被拉到赤坂见附的"乘客"。问题是，有时候我会对作为如此乘客的每一个存在十分耿耿于怀，心想此人到底怎么回事呢？那个人究竟是干什么的呢？为什么要乘坐什

101

么银座线呢？而这样一来情况就变得糟糕了。一旦心不清净便很难控制。那个职员模样的人大概很快就会从两个额角往上秃啦，那个女孩小腿汗毛有点过浓、估计每星期刮一次啦，对面坐的那个男子何苦打一条颜色那般不协调的领带啦，如此欲罢不能。最后身上瑟瑟发抖，恨不能一下子跳下车去。上次——您肯定见笑——差一点点就按窗旁的紧急刹车钮了。

话虽这么说，但请您不要以为我这人过于敏感或神经质。我既不那么敏感，又不比他人格外神经质，不过是个再普通不过的随处可见的小职员，在一家商店的商品管理科工作，处理顾客投诉。

性方面也不存在问题。我不曾成为自己以外的什么人，在这点上无法明确断言，但我想总的说来我算是地道得不无过分之人。我也有一个可谓恋人的女伴，每星期和她睡两次，睡一年多了。她也罢我也罢都对这种关系相当满足，只是我尽可能不去很深入地想她，亦无意结婚。一旦结婚，势必对她这个人的每一细节都要开始深入思考，而届时我根本没有把握同她顺利相处。不是么，在对朝夕相伴的女孩的牙齿以至指甲形状都介意的情况下，如何能同她生活得一帆风顺呢？

请让我再多少讲讲我自己。

这回不敲门。

既已听到这里，就请顺便听完好了。

等一下，我得吸支烟。

（嗞嗞嗞）

这以前我还没有如此直率如此冗长地谈过自己本身。因为没有什么值得特意对人谈的事，即使谈我想怕也没一个人对这玩意儿怀有兴趣。

那么，为什么现在对您如此喋喋不休呢？

因为我追求的乃是**大的不完美性**，这点刚才也已提及。

触发**大的不完美性**的是什么呢？

是您的信和四只袋鼠。

袋鼠。

袋鼠是十分讨人喜爱的动物，一连几个小时都看不够。在这个意义上袋鼠很类似您的信。袋鼠到底在想什么呢？它们并无意义地一整天在栏里上蹿下跳，不时在地面挖坑。而若问挖坑做什么，却又什么也没做，只是挖罢了。哈哈哈。

袋鼠一次只产一胎。因此母袋鼠产下一只小袋鼠就马上接着怀孕，否则作为袋鼠就保不住群体数量。这意味着，母袋鼠几乎一生都耗费在妊娠和育子上面。非妊娠即育子，非育子即妊娠。可以说，袋鼠是为使袋鼠存续而存在的。没有袋鼠的存在便没有袋鼠的存续，而若没有袋鼠存续这一目的，袋鼠本身便不存在。

也真是奇怪。

对不起，话说得颠三倒四了。

还要谈点我自己。

其实，我对自己之所以为自己深感不满。这并非就仪表才能地位之类而言，而单单是对我之所以为我自身。我觉得甚不公平。

虽然如此，您可别把我看成牢骚满腹之人。对于单位对于薪水我从无怨言。工作固然枯燥，但工作大多都是枯燥的。至于钱，也不算什么问题。

开门见山地说吧。

我是想同时置身于两个场所，这是我唯一的愿望，此外别无他求。

然而我乃是我自身这一个体性妨碍了我愿望的实现。您不认为这是极不开心的事实，是岂有此理的压迫？我这个愿望一般说来是微不足道的，既非想称霸世界，又不是想当天才艺术家，也并非要一飞冲天，不过是想同时位于两个场所而已。听好了么，不是三个四个，**仅仅是两个**。我想在音乐厅听管弦乐的同时又去溜旱冰，想在当商店的商品管理员的同时又吃麦当劳的四分之一磅汉堡，想在同恋人睡觉的同时又同您睡，想既是个别又是原则。

再允许我吸支烟。

唔——

我有点累了。对于如此谈论——如此开诚布公地谈论自己——我还毫不习惯。

有一点强调一下：我并非对您这位女子怀有性方面的欲望。刚才也已说了，我是对我只能是我自身这一事实多少有些气恼。我只是一个，这确实令人不快至极。对于奇数这东西我无可忍耐，所以不想同身为个人的您睡觉。

倘若您能一分为二我能一分为二而四人同床共衾，那该何等的妙不可言！不这样认为？果真那样，我们便可以十二分真诚地开怀畅谈，我想。

请不要回信。如果给我写信，请以投诉信的形式写去公司好了。若没什么要投诉，就杜撰一个出来。

好了。

（开关声）

以上录音我又重听了一遍。老实说，我非常不满意，觉得自己好像是一个误使**海驴**死掉的水族馆饲养员。所以作为我也相当困惑，不知该不该把这录音带寄给您。

即使在决定寄去的此时此刻，我也还在困惑。

但不管怎样，我追求的是不完美性。或者说放弃了追求完美的必要性。这种心情的产生可能再不会有第二次，所以这回就痛痛快快地顺从自己的追求，同您、同四只袋鼠一起分享这不完美性。

再见。

（开关声）

下午最后的草坪

剪草坪是在我十八九岁的时候，所以距今已过去十四五年，是相当久远的事了。

我时常想，充其量十四五年，能称得上久远么？吉姆·莫里森（Jim Morrison）唱《点燃我的激情》（Light My Fire）、保罗·麦卡特尼（Paul McCartney）唱《漫长的弯路》（The Long and Winding Road）的时代——顺序大约有点颠倒，反正就是那个时代——居然算是久远的往昔，我却有些上不来实感。我个人有时甚至觉得今天跟那个时代相比好像并没有什么变化。

但不可能。我肯定已有了不小的变化，这是因为，不这样认为便有一大堆事情解释不了。

OK，我变了。而且十四五年前已属相当久远的往昔。

　　我家不远处——最近我刚刚搬来这里——有一所公立初级中学，买东西和散步时每每路过它门前，我便一边走路一边呆呆地观望初中生们做体操、绘画或嬉笑打闹。并非我喜欢观望，是因为没有别的好观望。观望右侧一排樱花树倒也可以，但还是观望初中生们好些。

　　总之，在如此每天观望初中生的时间里，有一天我蓦然心想：**他们十四五岁**。这于我是个小小的发现，小小的意外。十四五年前他们尚未降生，纵使降生也是几乎不具意识的粉红色肉团，而现在已经涂口红，在体育器材库角落吸烟，手淫，给电台的音乐点播节目主持人写无聊的明信片，往谁家围墙上用红喷漆涂鸦，看——也许——《战争与和平》。

　　我暗觉好笑。

　　而提起十四五年前，那时我不正在剪草坪吗？

　　记忆这东西类似小说，或者说，小说这东西类似记忆。

　　我开始写小说后对此深有感受。记忆这东西是类似小说，或者如何如何。

　　无论怎样力图使之具有完备的形式，但文章的脉络总是到处流窜，最后连是否有脉络都成了问题。那就像在摆放几只软绵绵的小猫，暖乎乎的，且不安稳。对于这东西居然会成为商品——商品哟！——我不时深感羞愧，甚至认真地脸红。我一脸红，整个世界都在脸红。

不过，倘若将人的存在视为一种受比较纯粹的动机驱使的颇为滑稽的行为，那么正确不正确云云便不再是什么了不得的问题。记忆从中产生，小说由此问世，这类似任何人都无法抑制的永动机。它喀喀作响地满世界走来走去，在地表划出一条永无尽头的线。

但愿顺利，他说。然而不可能顺利，没有顺利的先例。

可那到底怎么办好呢？

由此之故，我又收集小猫摆放下去。小猫软绵绵的，非常软。睁眼醒来发现自己像用来烧篝火的木柴一样被堆积上去的时候，小猫们会怎么想呢？哦，奇怪呀，也许这样想。果真如此——若是这个程度——我将感到些许欣慰。

剪草坪是在我十八九岁的时候，已是相当久远的事了。那时我有一个同龄的恋人，由于有点特殊情况，她住在很远很远的街市，见面时间一年之中顶多两个星期。那期间我们性交，看电影，吃比较昂贵的东西，漫无边际没完没了地闲聊。最后必定大吵一场，又言归于好，再次性交。总之就是把世上一般恋人干的事情像缩写版电影似的匆忙表演一遍。

至于是不是真喜欢她，至今我也弄不清楚。可以记起，但弄不清楚。我喜欢和她吃饭，喜欢看她一件件脱衣服，喜欢进入她软软的下体。性交后，喜欢看她脸贴在我胸口说话或入睡。但我清楚的仅此而已，再往下便没办法认真考虑了。

除去和她见面的几周时间外，我的人生是非常非常单调的。到大学里听听课，好歹和大家一样拿到了学分。此外便一个人看电影，漫无目的地在街上东游西逛。有一个要好的异性朋友，她有恋人，但常常和我跑去某处这个那个说个没完。一个人的时候，便一味地听摇滚乐。既觉得幸福，又似乎不幸。不过当时人人都这样。

一个夏日（七月初）的早晨，恋人来了封长信，写道想和我分手。说什么一直喜欢我，现在也喜欢，今后也……反正就是想分手。有了新的男朋友。我摇头吸了六支烟，出去喝易拉罐啤酒，回房间接着吸，还折断了桌上三支 HB 长杆铅笔。我并非怎么生气，只是不知如何是好。之后换上衣服外出打工。那以后一段时间里，周围人都说我"近来开朗多了"。人生这东西真是说不清楚。

　　课余剪草坪就在那一年。草坪修剪公司位于小田急铁路线经堂站附近，生意相当红火。人们盖房子时通常院里都植草坪或养狗，简直成了条件反射。两样同时进行的人也有。那也不坏。草坪绿得宜人，狗也满可爱。但半年一过，全都有点不耐烦起来：草坪要剪，狗要遛，很难应付得了。

　　总而言之，我们为那些人剪草坪来着。这份课余工是那前一年夏天在校部学生科找到的。除我以外还有几个人，结果他们很快退出，只剩我自己。工作虽辛苦，但报酬不赖，而且可以不必怎么和人说话，正中我下怀。在那里打工以后，我挣了一笔凑得上整数的钱。原本打算用来夏天和恋人去哪儿旅行，但在与她分手的现在，便无所谓什么旅行了。接到分手信后的一周时间里，我翻来覆去地考虑这笔钱的用途，或者不如说除此没别的可考虑。真可谓莫名其妙的一周。自己的身体好像成了别人的。手、脸、阳物，看上去一切都不是自己的。我想象着并非我的人搂抱她的情景。某人——我不认识的人——轻咬她小小的乳头。心里觉得怪怪的，就好像自己不复存在似的。

钱的用途到底没有想出。有人问我买不买二手车（富士1000CC），虽说跑了相当长的路，但东西不坏，价钱也合适。不知何故我却提不起兴致。也曾想过把音响装置的音箱换成大的，但相对于我那小小的木结构宿舍却是无从谈起。搬家换宿舍倒是可以，但没有搬的理由。而若搬家，就没钱可买音箱了。

钱派不上用场，只买一件夏令 Polo 衫和几张唱片，其余全部剩下。另外买了一个性能良好的索尼晶体管收音机，带有大些的喇叭，短波非常清晰。

一周过后，我注意到一个事实——既然钱派不上用场，再挣派不上用场的钱也就没了意义。

一天早上，我对草坪修剪公司的经理说不想干了，快要应付考试了，考试之前要出去旅游一下——总不好说再不需要钱了。

"是么，遗憾呐！"经理（也就是园艺工匠模样的老伯）真像很遗憾似地说。他叹口气坐在椅子上吸烟，脸朝天花板咔咔有声地旋转脖颈。"你确实干得很不错。临时工里你资格最老，老顾主反映也好。看不出啊，小小年纪这么能干。"

谢谢，我说。实际上对我的反映也极好，因我做事心细。一般临时工用大型电动割草机大致割毕，剩下部分的处理相当马虎。那样省时间，又不累。我的做法完全相反。机器用得马虎，而在手工上投入时间，机器割不好的角落都做得一丝不苟，效果当然可观。只是收入不多，因是计件工，工钱取决于院子的大致面积。而且由于总是弯腰干活，腰痛得厉害，这点没实际干过的人体会不到，干惯之前连上下楼梯都不自如。

我做得细心倒不是为了得到好的反映。或许你不相信，自己只是喜欢剪草坪罢了。每天早上磨好草坪剪，把割草机放在客货两用车上开去雇主那里，开始剪草。有各种各样的院子，有各种各样的草坪，有各种各样的太太，有热情厚道的太太，有冷若冰霜的太太。也有的年轻太太穿一件松松垮垮的 T 恤又不戴乳罩，蹲在剪草的我面前连乳头都露了出来。

总之我剪草不止。大多院子的草坪都长得蓬蓬勃勃，俨然成片的草丛。草坪长得越高，越有干头。干完后，院子印象整个为之一变，那感觉委实妙不可言，就好像厚厚的云层突然散开，四下流光溢彩。

一次——仅一次——完工后同一个太太睡过。她年龄三十一二，身材小巧，乳房又小又硬。我们在全部关合木板套窗熄掉灯盏的漆黑房间中交合。她仍身穿连衣裙，拉掉三角裤骑在我身上。胸以下部位不让我碰。她的肢体冰凉冰凉的，唯独下部温暖。她几乎没开口，我也不做声。连衣裙下摆簌簌作响，或快或慢。中间响过电话，响一阵子不再响了。

事后我忽然觉得同恋人的分手可能同那有关。倒也没什么根据必须那样认为，只是总有那么一种感觉。是那个没有接的电话的关系。不过无所谓了，事情已然过去。

"可是不好办啊，"经理说，"你现在抽身，接的活儿应付不来，正是忙的时候。"

梅雨使得草坪好一阵疯长。

"怎么样，再干一星期可以么？有一星期人就能进来，好歹可以维持下去。再多干一星期，我出特别奖金。"

可以，我说。眼下又没有什么特殊安排，再说工作本身我不讨厌。不过也真是怪，刚想不要钱了，钱又一下子来了。

连晴三天，下一天雨，又晴三天——最后一周就这样过去了。

夏天，一个令人陶醉的美丽的夏天。天空飘浮着棱角分明的白云，太阳火辣辣地烤灼着肌肤。我背上的皮整个掉了三回，早已变得漆黑漆黑，连耳后都是漆黑的。

剪最后一次草坪的早上，我身穿 T 恤短裤，脚蹬网球鞋，戴着太阳镜跳上客货两用车，朝我最后一个干活的院子开去。车上的收音机坏了，我打开从宿舍里带来的晶体管收音机，边听摇滚边驱车前进。摇滚铿锵有力，山呼海啸。一切都围着夏天的太阳旋转。我断断续续地吹着口哨，不吹口哨时便吸烟。FEN[1] 电台的新闻播音员连连道出音调怪异的越南地名。

我最后工作的地点位于"读卖"所在地附近。得得，干嘛神奈川县的人非得让世田谷来人侍候草坪不可呢？

但我没有就此说三道四的权利，因为这份差事是我自己选择的。早上去公司时，当天工作地点全部写在黑板上，可随自己喜欢的挑选。大部分人都选近处，往返不花时间，件数也干得多些。相反，我尽量选择远处，一向如此，大家都感到费解。前面也说过

---

1 Far East Network 之略，美军远东广播。以驻军及其家属为对象，总部在洛杉矶。

了，临时工中我资格最老，有优先挑选的权利。

这也没什么理由，只是喜欢去远处，喜欢在远处的院子剪远处的草坪，喜欢看远处路旁的远处的风景。但我这么解释怕也无人理解。

途中我把车窗全部打开。离城市越远，风越凉快，绿越鲜亮。热烘烘的草味儿和干爽爽的土味儿扑鼻而来，蓝天和白云间的分界是一条分明的直线。天气好极，正合适同女孩出去做夏日短期旅行。我在脑海推出清凉凉的海浪和热辣辣的沙滩，推出空调机遍洒清凉的小房间和干得**喳喳**有声的蓝色床单。但仅此而已，此外什么都无从想起。沙滩和蓝床单交替闪现在脑海里。

在加油站灌满油箱时我脑海里也是同一场景。我躺在加油站旁边的草丛里，怅怅地望着加油站人员确认油位和擦车窗玻璃。耳贴地面，可以听到各种声响。远处波涛般的声音也可听到。但那当然不是什么波涛，不过被地面吸入的各种声音混在一起罢了。眼前的草叶上有小虫爬行。带翅膀的小绿虫。爬到叶尖，迟疑一会又沿原路爬回。看样子并没怎么失望。

大约十分钟加油完毕，加油的人按响喇叭示意。

要去的那户人家位于半山腰。山丘舒缓，而势态优雅。弯弯曲曲的道路两旁榉树连绵不断。一家院子里两个小男孩光着身子用软管互相喷水，射向天空的水花架起一道五十厘米左右的小彩虹。有人在开窗练钢琴。

按门牌号找去，很快找到了那户人家。我在房前刹住车，按响车笛。无人回应。四下万籁**无声**，连人影也没有。我再次按了声车笛，静等回应。

房子不大，整洁利落，给人的感觉很舒服。外墙抹有奶油色灰泥，房顶正中突起一个同样色调的正方形烟囱。窗框是灰色的，挂着白色窗帘，窗框窗帘都早已晒得变了色。房子虽旧，却旧得甚为得体。去避暑胜地，常有这种感觉的房子，半年住人，半年空着，这里便是那样的气氛。生活气息因某种缘故已从建筑物里散发一尽。

带花孔的砖围墙只及腰高，往上是玫瑰篱笆。玫瑰花早已落尽，绿叶满满地承接着耀眼的夏日阳光。草坪什么样倒看不出，但院子相当宽敞，高大的樟树往奶油色外墙投下凉丝丝的枝影。

按第三遍铃时，房门慢慢开了，闪出一位妇人。个子委实高得惊人。我也绝不算个小的，但她比我还高出三厘米。肩膀也宽，看样子就像是在跟什么怄气。年龄五十上下。漂亮虽谈不上，但脸形端庄。当然，虽说端庄也不是给人以好感的那种类型。浓眉毛，方下颏，透出一旦出口决不收回的倔强。

她以惺忪浑浊的眼睛颇不耐烦地看着我。夹带几许白发的硬发在头上波浪起伏，从褐色连衣裙的袖口松垮垮地垂下两条粗大的胳膊。胳膊雪白。

"剪草坪来了。"说着，我摘下太阳镜。

"草坪？"她歪起脖子。

"嗯，接过您电话。"

"唔，噢，是啊，是草坪。今天几号？"

"十四号。"

她打个哈欠。"是吗，十四号了！"接着又伸个懒腰，简直像一个月没睡。"有烟？"

我从衣袋掏出短支"希望"递过去，擦火柴点上。她很惬意似的朝天"呼——"地喷出一口。

"要花多少？"她问。

"时间么？"

她使劲往前探，下颏点了点。

"这要看大小和程度。看看可以么？"

"可以。不是首先要看的吗？"

我跟在她后面拐进院子。院子长方形，平展展的，约有二百平方米。有几丛绣球花，一棵樟树，此外便是草坪。窗下扔出两个空空的鸟笼。院子收拾得很用心，草坪长得也不高，不剪也未尝不可。我有点失望。

"这样子还能挺两个星期。"

妇人打了声短促的响鼻。"希望再弄短点儿，花钱的目的就是这个嘛。我叫剪，你剪不就是了？"

我看了她一眼。的确如其所言。我点下头，在脑袋里计算时间。"大致四个小时吧。"

"真够慢的！"

"可以的话，想做得慢点。"

"啊，随便。"她说。

我从客货两用车上拿下电动割草机和草坪剪和**耙子**和垃圾袋和

装有冷咖啡的保温瓶和晶体管收音机，搬进院子。太阳迅速移近中天，气温节节上升。我搬工具的时间里，她在房门口排出十来双鞋，用破布揩灰。全部是女鞋，有小号和特大号两种。

"干活时放音乐可以么？"我问。

她蹲着看我道："喜欢音乐的。"

我首先拾起掉在院子里的小石块，然后放上割草机。若裹进石块，刀刃就伤了。割草机前端挂有塑料筐，割下的草全部装进里边。毕竟是二百平方米的院子，草虽不高，割起来也相当够量。太阳光火辣辣地射下来，我脱去给汗水打湿的 T 恤，只穿一条短裤。简直成了一片形状齐整的烤肉。如此情形，水喝再多也没一滴小便，全都变成了汗。

割草机开了一个小时左右，我休息一会，坐在樟树荫下喝冷咖啡。糖分渗入身体的每一个角落。知了在头上叫个不停。打开收音机，转动旋钮，寻找合适的音乐节目主持人，在三只狗的夜晚（Three Dog Night）的《妈妈跟我说》（Mama Told Me）那里停住，仰脸躺下，透过太阳镜看树枝和树枝间泻下的阳光。

妇人走来，站在我旁边。从下面往上看，她俨然一株樟树。她右手拿着玻璃杯，杯里装着冰和威士忌模样的液体，在夏日光线下摇摇晃晃。

"热吧？"她问。

"是啊。"我说。

"午饭怎么办？"

我看了下表：十一时二十分。

"到十二点找地方吃，附近有一家汉堡店。"

"用不着特意出去，给你做三明治什么的。"

"真的没问题，常去外面吃的。"

她端高威士忌酒杯，一口差不多喝去一半，之后鼓起嘴叹口气。"反正要做我自己那份，顺便。不愿意倒也不勉强。"

"那就不客气了，谢谢。"

她不再说什么，往前探探下颏，之后慢慢地摇着肩膀走回房子里。

我用草坪剪剪草，剪到十二点。先把割草机**没割均匀**的地方剪齐，用耙子拢在一起，接下去剪机器割不到的地方。这活儿需要耐性，想适可而止也能适可而止，想认真干多少都有得干。若问是否认真干就能得到好评，那也未必，有时会给看成磨磨蹭蹭。尽管如此——前面也已说过——我还是干得相当认真。性格问题。其次可能是自尊心问题。

哪里拉笛告知十二点到了，妇人把我让进厨房，端出三明治。

厨房不很大，但干净利落，多余装饰一概没有，简单而功能俱全。电器产品均是老型号，颇有怀旧氛围，甚至使人觉得时代在哪里中止了脚步。除去特大号电冰箱发出嗡嗡声，周围不闻任何声音。碟碗也好汤匙也好无不沁有影子般的岑寂。她劝我喝啤酒，我说活没干完谢绝了，她便递来橙汁，啤酒她自己喝。桌面上还有喝剩一半的葡萄酒瓶，洗碗槽下很多种空瓶横躺竖卧着。

她做的火腿莴苣黄瓜三明治比看上去时好吃得多。我说十分可口。她说三明治以前就做得好，此外什么都不行，就三明治拿手。死去的丈夫是美国人，天天吃三明治，只让吃三明治他就心满意足了。

她自己一块三明治也没吃，泡菜吃了两片，往下一直喝啤酒。喝得并不像有滋有味，似乎在说没办法才喝的。我们隔桌吃三明治，喝啤酒，但她再没接着说什么，我也没话可说。

十二点半我回到草坪。下午最后的草坪。剪完后，就同草坪再无关系了。

我边听 FEN（Far East Network）的摇滚乐边仔细修剪草坪。用耙子把剪下的草挠了好几次，像理发师那样从各个角度检查有无漏剪之处。到一点半干完三分之二。汗好几次钻入眼睛，每次都用院里的水龙头洗脸。阳物几次无故勃起几次平复。剪草坪时竟然勃起，觉得有点傻气。

两点二十分修剪完毕。我关掉收音机，打赤脚在草坪上转了一圈。结果令人满意，没有漏剪的，没有不均匀的，如地毯一般平滑。我闭上眼睛，大口吸气，体味了一会儿脚底凉生生的绿色感触。不料，这时间里体力突然消失殆尽。

"现在仍非常喜欢你。"她信上最后写道，"你温存亲切，是个十分好的人，不是说谎。但有时我觉得光这样似乎有点不够，为什么有这种感觉我也不明白，而且这么说很是过分，或许等于什么也没解释。十九岁是非常讨厌的年龄，再过几年也许能解释好，但几年之后可能已没必要解释了。"

我用水龙头洗罢脸，把工具装上客货两用车，换上新 T 恤，然后打开房门，告诉说已经做完。

"不喝点啤酒？"妇人说。

"谢谢。"啤酒那玩意儿喝点无妨吧。

我们站在院前打量草坪。我喝啤酒，她用高脚杯喝没加柠檬的伏特加，杯子像是酒店经常附送的那种。知了仍叫个不止。看情形她一点也没喝醉，唯独呼吸有欠自然，像有风"咝"一声从齿间漏出似的。我真有点担心她会当即昏迷，"扑通"倒地死去。我在脑海中勾勒出她倒地的场景，大概她是直挺挺"通"一声倒下的。

"你活儿干得不错。"她说。感觉上声音有点索然，但并不是在责怪什么。"这以前叫了好多剪草坪的人来，剪得这么漂亮的你是第一个。"

"谢谢。"我说。

"去世的丈夫对草坪很挑剔，总是自己剪得整整齐齐，和你的剪法很相似。"

我掏烟相劝，两人一起吸烟。她手比我还大，且石头一般硬。右手中的酒杯和左手夹的"希望"都显得极小。手指粗，没戴戒指。指甲上有好几条清晰的纵线。

"休息时丈夫总剪草坪来着——人倒也不怎么怪。"

我稍微想了想她丈夫，但想象不好，如同想象不出樟树夫妇。

她再次轻声叹了口气。

"丈夫死后，"她说，"就一直请园艺工上门。我晒不得太阳，女儿又怕晒黑。啊，就算不晒黑，年轻姑娘也不便剪什么草坪。"

我点点头。

"不过你干的活真是让人可心。草坪这东西是要这样剪的。同样是修剪，也有心情问题。如果心放不进去，那不过是……"她寻找下面的字眼，但没找出，便打了个嗝儿。

我重新观望草坪。这是我最后做的一件工作，对此我不由有点感伤，这感伤中也包括分手的女朋友。剪草坪到此为止，我与她之间的感情也随之到此为止了，我想。我想起她的裸体。

樟树般的妇人又打了个嗝儿，并且做出自己也甚为厌恶的表情。

"下个月再来好了。"

"下个月来不成了。"我说。

"为什么？"

"今天是最后一件活儿，"我说，"差不多该当回学生用功了，要不然学分有危险。"

她看了一会我的脸，之后看脚，又看脸。

"学生？"

"嗯。"我回答。

"哪个学校？"

我道出大学名字。大学名字没有给她以怎样的感动。并非足以给人感动的大学。她用食指搔了搔耳后。

"再不干这活计了？"

"嗯，到今年夏天。"我说。今年夏天再不剪草坪了，明年夏天后年夏天也不会剪。

她像漱口似的把伏特加在口里含了片刻，津津有味地分两次各咽一半下去。额头上满是汗珠，犹如小虫紧贴皮肤。

"进来吧，"妇人说，"外面太热。"

我看了眼表：两点二十分。不知是迟还是早。工作是全部结束了。明天开始一厘米草坪都不剪也可以了，心情甚为奇妙。

"急着走？"她问。

我摇了下头。

"那就进屋喝点冷饮什么的，不占用你多长时间。有东西想给你看。"

有东西想给我看？

我已经没有迟疑的余地，她率先大步开拔，头也不回，我只好随后追去。脑袋热得晕乎乎的。

房子里依然静悄悄的。突然从夏日午后光的洪水中走进室内，眼睑深处一剜一剜地作痛。房子里飘忽着用水稀释过似的幽幽的暗色。一种仿佛几十年前便住在这里的幽暗。不是说有多么暗，是幽幽的暗。空气凉丝丝的，并非空调里的凉，是空气流动那种凉。哪里有风进来，又从哪里出去了。

"这边。"说着，妇人沿着笔直的走廊啪嗒啪嗒走去。走廊上有几扇窗，但光线给邻院石墙和长势过猛的樟树枝挡住了。走廊上有好多种气味，都是记忆中有的，是时间制造的气味。时间把它们制造出来，迟早又要将它们消除。旧西装味儿，旧家具味儿，旧书味儿，旧生活味儿。走廊尽头有楼梯。她回过头，看准我跟上来后，爬上楼梯。她每上一阶，旧木板都吱吱作响。

上了楼梯，总算有光线泻入。平台窗口没有窗帘，夏天的阳光在地板上筑出光的池塘。二楼只有两个房间，一个贮物室，一个正正规规的居室。发暗的浅绿色门扇，带一个小小的不透明玻璃窗。绿漆已略微剥裂，铜拉手唯独手握的部位变成了白色。

她噘起嘴吁出一口气，把几乎喝空的伏特加酒杯放在窗台上，从连衣裙里掏出一串钥匙，发出很大声响把门打开。

"进来嘛。"她说。我们走进房间。里边黑乎乎的，透不过气。暑气闷在里面。从关得紧紧的木板套窗缝隙泻进几道锡纸般扁平扁平的光。什么也看不见，唯见一晃一晃地飘忽的尘埃。她拉开窗帘，打开玻璃窗，咣啷咣啷拉开套在外面的板窗，耀眼的光线连同清凉的南风顿时涌满房间。

这是典型的十几二十来岁女孩的房间。临窗是张学习用桌，对面一张小木床，床上铺着无一褶痕的珊瑚蓝床单，放着同样颜色的枕头，脚下位置叠一张毛巾被。床头有立柜和梳妆台，梳妆台上摆着几样化妆品，梳、小剪刀、口红、小粉盒等等。看来不像是热衷化妆那一类型的女孩。

桌上有笔记本和辞典，法语辞典和英语辞典。似乎都用了很久，用时很爱惜，不曾胡乱翻动。笔盘里笔头整齐地排列着大致齐全的笔记用笔。橡皮擦只圆圆地磨偏了一侧。此外便是闹钟、台灯和玻璃镇纸，哪样都很简朴。木板墙上挂有五张以鸟为题材的原色画和只有数字的月历。手指在桌面一划，灰尘便沾白了指肚。一个月量的灰。月历也是六月份的。

从整体看来，作为那个年龄的女孩，房间算是相当简洁的。没有毛茸茸的动物玩具，没有摇滚歌星的照片，没有花花绿绿的饰物，没有带花纹的垃圾箱。房间的定做书架上摆着种种书刊，有文学全集，有诗集，有电影杂志，有画展宣传册，还排出几本英语平装书。我试着想象房间主人的音容笑貌，但想象不好，闪出的只有已分手的恋人的脸。

高大的妇人坐在床沿上目不转睛看着我。她虽然一直跟踪着我的视线，但看样子却在考虑完全不同的事情，不过眼睛对着我而已，其实什么也没看。我在桌前的椅子上坐下，看她身后的白石灰墙壁。上面什么也没挂，纯粹的白墙。定定地注视的时间里，觉得墙的上端在前倾，眼看就要砸在她头上。但当然不会那样。光线关系罢了。

"不喝点什么？"她问。

我说不喝。

"用不着客气，又不是现订现做。"

那就把同样的弄淡一点好了，我指指她的伏特加说。

五分钟后，她拿着两杯伏特加和烟灰缸返回。我喝一口自己的伏特加，根本不淡。我边吸烟边等冰块溶化，她坐在床沿上，一点一点啜着大概比我的浓得多的伏特加，并不时咔嚓咔嚓地嚼着冰块。

"身体结实，"她说，"喝不醉。"

我随便点了下头。我父亲也是这样。但无人斗得过酒精，不过在自己鼻孔进水之前好多事都没注意到罢了。父亲在我十六岁那年死了，死得甚是轻易，甚至使人很难记起他是否活过。

她一直沉默着。每当杯子一晃，便有冰块声发出。凉风不时从打开的窗口吹进来。风是从南边翻过别的山丘赶来的。一个寂静的夏日午后，静得真想就这么睡去。远处哪里有电话铃响。

"打开立柜看看。"她说。

我走到立柜前，乖乖地打开两扇对开柜门。里面满满地挂着衣服，一半连衣裙，另一半是半身裙、衬衫和短外套。全是夏天的，有旧的，也有几乎没伸进过胳膊的。半身裙尺寸大多是超短的。格调和东西均不坏，倒也不是说怎么引人注目，可是感觉极好。若有这么多衣服，每次幽会都可有不同的打扮了。我看了一会时装陈列，然后关上柜门。

"真不错啊！"我说。

"抽屉也拉出来看看。"她说。

我略一犹豫，然后一个个拉出立柜上的抽屉。女孩不在时在她房间里到处乱翻——尽管有她母亲许可——我觉得实在算不得光彩。但拒绝也是个麻烦，我闹不清上午十一点便喝酒之人想的是什么。最上边的大抽屉里放着牛仔裤、Polo 衫、T 恤，全都洗过，齐崭崭叠好，无一褶痕。第二个抽屉放有手袋、皮带、手帕和手镯，还有若干布帽，第三个抽屉装的是内衣和袜子，无不干干净净整整齐齐。我无甚缘由地悲伤起来，胸口有点沉甸甸的。我推上抽屉。

妇人依然坐在床沿上观望外面的景致，右手拿的伏特加杯几乎喝空了。

我坐回椅子，又点燃一支烟。窗外是徐缓的斜坡，从斜坡底端升起另一座山丘。翠绿的起伏永远延伸开去，宅院犹如附在上面一般接连不断。哪一家都有院子，哪座院子都有草坪。

"怎么看的？"她仍然眼看窗外，"对她？"

"见都没见过，不清楚。"

"看衣服可以大致了解女人。"她说。

我想到恋人，试图回忆她穿怎样的衣服，但全然回忆不起来，能想起的都是模模糊糊的印象。要想她的裙子，衬衫消失；要想她的帽子，脸又变成别的女孩的脸。不过相隔半年，却什么也记不起了。说到底，对她我又知道什么呢？

"不清楚。"我重复道。

"感觉即可。什么都行，让我听什么都行，哪怕一点点也好。"

为争取时间，我喝了一口伏特加。冰块差不多化了，伏特加变得像糖水。强烈的伏特加味儿通过喉咙，落到胃里，带来渺渺的温煦。从窗口进来的风把桌上的白色烟灰吹散开去。

"像是个一丝不苟、给人以极好感觉的人，"我说，"不怎么强加于人，但也并非性格懦弱。成绩中上等，在上女大或短期大学。朋友虽不很多，但很要好……说中了？"

"接下去。"

我把杯子在手中转动几圈，放回桌面。"再往下不知道了。刚才说的都一点没有信心，不知说中没有？"

"基本说中，"她面无表情地说，"基本说中。"

我觉得女孩那一存在正一点点潜入房间，犹如隐隐约约的白影。脸、手、脚，什么都没有。她置身于光之海形成的小小的畸形漩涡中。我又要了杯伏特加。

"有男朋友。"我继续道，"一个或两个，不清楚，怎样一种程度不清楚。但这怎么都无所谓，问题是……她对好多好多东西都适应不来。包括对自己的身体，自己的所思所想，自己的追求，别人的需求，等等等等。"

"是啊，"稍后她说，"你说的我明白。"

我可不明白。自己口中语句的含义我明白，但我不明白指的是谁和谁。我筋疲力尽，直想睡觉，觉得睡上一觉很多事情即可豁然开朗。不过坦率地说，即使豁然开朗也难有什么益处。

往下她久久地缄口不语，我也没作声。闲得发慌，遂把伏特加喝了半杯。风似乎略有加强，可以看见樟树的圆形叶片摇来摇去。

我眯细眼睛，一动不动地看着它。沉默仍在持续，但这已不大让人难受了。我留意着不让自己睡过去，眼望樟树，不断用设想中的指尖确认体内如硬核般的疲倦。

"留下你来，对不起。"她说，"草坪剪得太漂亮了，我高兴。"

我点点头。

"对了，付钱。"说着，她把白白的大手伸进连衣裙口袋，"多少？"

"过后寄账单来，汇入银行账户。"我说。

妇人喉头深处发出不满似的声音。

我们走下同一楼梯，折回同一走廊，来到房门口。走廊和房门口同刚才进去时一样凉浸浸的，一片幽暗。儿时一个夏天光脚在浅水河里往前走，钻过大铁桥洞时，便是这样的感觉。黑洞洞的，水温陡然下降，沙底带有奇妙的黏滑。在房门口穿上网球鞋开门走出，我真是舒了口气。阳光在我四周流溢，风送来绿的气息，几只蜜蜂发出困乏的振翅声在院墙上头飞来飞去。

"真漂亮!"她望着院里草坪又说了一遍。

我也眼望草坪。剪得确实非常漂亮,不妨称为完美。

妇人从口袋抓出很多东西——的确很多东西,从中分出一张皱巴巴的一万日元钞票。钞票不太旧,只是皱巴巴的。十四五年前的一万元可不是很小的数。我迟疑了一下,觉得还是不拒绝为好,便接了过来。

"谢谢。"我说。

妇人似乎意犹未尽,像是不知如何表达,就那样注视着右手的酒杯。杯空了。之后她又看着我。

"要是再开始做剪草坪这活儿,给我打个电话,什么时候都行。"

"嗯,"我说,"会的。又吃三明治又喝酒,谢谢您的招待。"

她在喉头里发出不知是"唔"还是"哦"的一声,随即迅速转身朝房门走去。我发动引擎,打开收音机。时间早已过了三点。

途中为了驱除困意,我走进路旁的饮食店,要了可口可乐和意大利面。面条味道一塌糊涂,只吃进一半。但不管怎样,肚子还不算饿。脸色阴沉的女侍者撤去餐具，我坐在塑料椅上迷糊了过去。店里空空的，冷气开得正好。睡的时间极短，梦也没做。睡本身就像做梦似的。然而睁开眼睛时，太阳已弱了几分。我又喝了一杯可乐，用刚才接的万元钞票付了账。

在停车场上车，把车钥匙放在仪表盘上吸了支烟。种种零零碎碎的疲劳一齐朝我涌来，我终于觉得自己是很累了。我先不开车，沉进驾驶席又吸了一支烟。一切恍惚发生在遥远的世界，如同倒过来看望远镜，事物格外的不鲜明和不自然。

"你对我大概有种种的需求，"恋人写道，"而我怎么也意识不到自己在被人需求。"

我想我需求的无非是好好修剪草坪。先用机器割，用耙子耙在一起，再用大剪刀剪齐——仅此而已。这我能做到，因为我觉得应该那样做。

不是吗？我说出声来。

无人回答。

十分钟后，路旁饮食店的老板走到车旁，弓身问我要不要紧。

"头有点晕。"我说。

"热的关系。拿点水来好么？"

"谢谢。不过真的不要紧。"

我把车开出停车场，向东驶去。路两旁有各种各样的房子，有各种各样的庭院，有各种各样的人们的各种各样的生活。我一直手扶方向盘望着如此风景。后车厢里，割草机在咔嗒咔嗒地摇晃。

自那以来我一次也没剪过草坪。什么时候住进带草坪的房子，我或许还会重操旧业，但我觉得那是很远的将来的事。即使到了那时，我也肯定能把草坪剪得齐齐整整。

她的埋在土中的小狗

　　窗外仍在下雨，已连下三天了。单调的、无个性的、不屈不挠的雨。

　　雨几乎是与我到达这里同时下起的。翌日早上睁开眼睛时雨还在下，晚上睡觉时也下，如此反复了三天，一次也没停止。不，也许不然，也许实际上停过几次。即使停过，那也是在我睡着时或移开眼睛时停的。在我往外看时雨总是下个不停，每次睁眼醒来都在下。

　　雨这东西有时候纯属个人体验。就是说，在意识以雨为中心旋转的同时，雨也以意识为中心旋转——说法固然十分模棱两可，但作为体验是有的。而这时我的脑袋便乱作一团，因为我不知道此时我们看的雨是哪一侧的雨。但如此说法实在过于个人化，说到底，雨只是雨罢了。

　　第四天早上，我刮了须，梳了发，乘电梯上四楼餐厅。由于昨晚一个人喝威士忌喝得很晚，胃里面沙沙拉拉的，不想吃什么早餐，却又想不出其他有什么事可干。我坐在靠窗位子上，把食谱由上至下看了五遍，然后很无奈地要了咖啡和纯煎蛋卷（Plain Omelet）。东西端来之前，我一面观雨一面吸烟。吸不出烟味儿，大概威士忌喝多了。

　　六月一个星期五的早上，餐厅空空荡荡的没有人气。不，也不是没有人气。有二十四张餐桌和一架大钢琴，有私人游泳池那么大的油画。客人则只我一个，何况只点了咖啡和蛋卷。身穿白上衣的两个男侍应生百无聊赖地看雨。

　　吃罢没滋没味的煎蛋卷，我边喝咖啡边看晨报。报一共二十四版，想细看的报道却一则也找不到。试着把二十四页逐页倒翻一遍，结果还是一样。我折起报纸置于桌面，仍旧喝咖啡。

　　从窗口可以看见海。若是平时，离海岸线几百米远的前方当有小小的绿岛出现，但今天早晨连轮廓都无从觅得。雨把灰蒙蒙的天空和暗沉沉的大海的界线抹得一干二净。雨中的一切都模模糊糊，但一切都显得模模糊糊也可能是我丢掉眼镜的关系。我闭目合眼，从眼睑上按眼球。左眼酸痛酸痛的。一会儿睁开眼睛时，雨依然在下，绿岛被挤压到了后方。

当我用咖啡壶往杯里倒第二杯咖啡时，一个年轻女子走进餐厅。白衬衣肩上披一件薄薄的蓝色羊毛开衫，一条清清爽爽的及膝藏青色西服裙，移步时"咯噔咯噔"发出令人惬意的足音——上等高跟鞋敲击上等木地板的声响。因了她的出现，宾馆餐厅终于开始像宾馆餐厅了。男侍应生们看上去舒了口气，我也一样。

她站在门口"咕噜"转头打量餐厅，一时间显出困惑。情有可原。虽说是度假宾馆的下雨的星期五，但早餐席上只有一个客人无论如何也过于冷清。年长的男侍应生不失时机地把她领到靠窗位子。和我隔两张餐桌。

她一落座就三眼两眼扫了扫食谱，点了葡萄柚汁、面包卷、培根煎蛋和咖啡。点菜顶多花了十五秒。培根请煎好些，她说。一种似乎习惯于对别人颐指气使的说法。那种说法的确是有的。

点完菜，她臂肘拄在桌上，手托下巴，和我一样看雨。由于我和她相对而坐，我得以隔着咖啡壶把手有意无意地观察她。她诚然在看雨，但我不大清楚她是否真的看雨。似乎在看雨的彼侧或雨的此侧。三天时间我始终看雨，对雨的看法已相当成熟，分得出真正看雨的人和不真正看雨的人。

就早晨来说，她的头发梳得可谓相当整齐。头发又软又长，耳朵往下多少带点波纹，并且不时用手指划一下在额头正中分开的前发，用的总是右手中指，之后又总是把手掌放在桌面上瞥一眼。显然是一种习惯。中指与食指约略分开，无名指和小拇指轻轻蜷起。

总的说来偏瘦，个头不很高。相貌未尝不可以说漂亮，但嘴唇两端独特的弯曲度和眼睑的厚度——给人以固执己见之感——是否让人喜欢就要看各人的口味了。依我的口味，感觉也不特别坏。衣着格调到位，举止也够脱俗，尤其让人欣赏的是她全然没有下雨的星期五独自在度假宾馆餐厅里吃早餐的年轻女子很容易挥发的那种特有氛围。她普普通通地喝咖啡，普普通通地往面包卷上抹黄油，普普通通地把培根煎蛋夹到口中。看那样子，似乎既不觉得十分有趣，又不感到怎么无聊。

喝完第二杯咖啡，我叠好餐巾放在餐桌一角，叫来男侍应生往账单上签字。

"看来今天又要下一天了。"男侍应生说。他很同情我。整整被雨闷了三天的住客谁见了都要同情。

"是啊。"我说。

我把报纸夹在腋下从椅子上欠身立起时，女子仍嘴贴咖啡杯，眉头一动不动地注视着外面的风景，似乎我压根儿就不存在。

每年我都来这家宾馆，大致是在住宿费便宜些的旅游淡季。夏季和年头岁尾等旺季时的住宿费以我的收入来说未免过于昂贵，况且人多得像地铁站一样。四月和十月最为理想。费用便宜四成，空气清新，海边几乎不见人影，又能天天吃到百吃不腻的新鲜可口的牡蛎。开胃菜两样，主菜两样，全是牡蛎。

当然除了空气和牡蛎外，还有几个理由让我中意这家宾馆。首先是房间宽敞。天花板高，窗大，床大，还有个桌球台那么大的写字台。一切都阔阔绰绰。总之是座应运而生的老式度假宾馆——在久住客占了客人大半的和平时代，人们有这个需求。在战争结束、有闲阶级这一观念本身烟一般消失在空中之后，唯独宾馆酒店始终如一地默默生存下来了。大厅的大理石柱、楼梯转角的彩色玻璃、餐厅的枝形吊灯、磨损的银制餐具、巨大的挂钟、红木橱柜、按上拉手开关的窗扇、浴室里的马赛克……这些都让我喜欢。再过几年——也许不出十年——这一切必然灰飞烟灭。建筑物本身已经到了风烛残年，电梯摇摇晃晃，冬日里餐厅简直冷成了电冰箱，改建日期显然迫在眉睫。任何人都无法阻挡时间的脚步，我只是希望改建日期多少推后一些罢了。因为我不认为改建后的新宾馆的房间能维持现在四米二十的天花板高度，何况究竟有谁追求四米二十高的天花板呢？

我屡次领着女友来这家宾馆。**若干个**女友。我们在此吃牡蛎，在海边散步，在高达四米二十的天花板下做爱，在宽宽大大的床上安睡。

我的人生本身是否幸运另当别论，但至少在这宾馆的范围内我是幸运的，至少在这宾馆的屋顶下我们的关系——我和她们的关系——是一帆风顺的。工作也一帆风顺。**运气**与我同在。时光缓慢然而不停滞地流淌。

运气发生变化是不久之前。不，其实很久之前**运气**就有了变化，只不过我可能没注意到罢了。说不清楚了。反正**运气**变了。这点确切无疑。

　　首先是同女友吵了一架。其次开始下雨。再次是眼镜打了。足矣。

　　两个星期前我给宾馆打电话，订了五天双人房。准备最初两天处理工作，剩下三天同女友优哉游哉。不料出发前三天——前面也说了——我和她不大不小地吵了一架，一如大多数吵架一样，起因实在微不足道。

　　我们在一处酒吧喝酒。星期六晚上，里面很挤，两人都有点烦躁不安。而我们所进的电影院又人满为患，且电影不如所说的那般有趣，空气也极其恶劣。我这方面工作联系渠道不畅，她则是月经第三天。种种事情凑在一起。我们桌旁坐着一对二十五六岁的男女，双双醉得不成样子。女的突然起身时把满满一杯金巴利苏打（Campari Soda）洒在我女友的白裙子上，道歉也没道歉。我抱怨了一句，结果一起来的男的出马吵了起来。对方体格占上风，我练过剑术且无须护面具，旗鼓相当。满座客人都看着我们。调酒师过来说若是打架就请付完账到外面打去。我们四人付账出门。出门后都已没了吵架的劲头。女的道歉，男的出了洗衣费和出租车费。我拦了一辆出租车，把女友送回宿舍。

到宿舍她就脱掉裙子到卫生间洗了起来。那时间里，我从冰箱拿出啤酒，边喝边看电视上的体育新闻。想喝威士忌，但没有威士忌。她淋浴的声音传入耳中。桌上有曲奇罐，我嚼了几块。

淋浴出来，她说喉咙干了。我又开了一瓶啤酒，两人喝着。她说干嘛老穿着上衣，于是我脱去上衣，拉掉领带，扯下裤子。体育新闻播完，我"咔嚓咔嚓"转换频道寻找电影节目。没有电影，遂把关于澳大利亚动物的实况节目固定下来。

不愿意这样子下去了，她说。这样子？一星期约会一次干一次，过一星期又约会一次干一次……永远这样子下去？

她哭。我安慰。没有奏效。

翌日午休时间往她单位打电话，她不在。晚上往宿舍打电话，也没人接。下一天也同样。于是我改变主意，出门旅行。

雨依然下个没完。窗帘也好床单也好沙发也好，一切都潮乎乎的。空调机的调节钮疯了，打开冷得过头，关掉满屋潮气，只好把窗扇推开半边再开空调，但效果不大。

我躺在床上吸烟。工作根本干不进去，来这里后一行也没有写，只是躺在床上看推理小说、看电视、吸烟。外面阴雨绵绵。

我从宾馆房间往她宿舍打了几次电话，都没有人接，唯有信号音响个不止。没准她一个人去了哪里，或者决定电话一律不接也有可能。放回听筒，周围一片**岑寂**。由于天花板高，沉寂仿佛成了空气的立柱。

那天下午，我在图书室再次遇到了早餐时看到的那个年轻女子。

图书室在一楼大厅的最里边。走过长长的走廊，爬几阶楼梯，来到一座带游廊的小洋楼。从上边看，左边一半是八角形，右边一半是正方形，左右完全相当，样式颇有些独出心裁，过去或许曾被时间多得无法打发的住客欣赏有加，但现在已经几乎无人光顾。藏书量倒还过得去，但大多像是落后于时代的遗物，若非相当好事之人，断没心绪拿在手上阅览。右边正方形部分排列着书架，左边八角形部分摆着写字台和一套沙发，茶几上插着一枝不大常见的本地花朵。房间里一尘不染。

我花了三十分钟，从一股霉味儿的书架上找出很早以前读过的亨利·赖德·哈格德（H.Rider Haggard）的探险小说。硬皮英文旧书，里面写有捐赠者（大概）的姓名，书中到处有插图，感觉上同自己以前读过的版本插图颇为不同。

我拿书坐在凸窗的窗台边，点燃烟，翻开书页。庆幸的是情节差不多忘了。这样，一两天的无聊当可对付过去。

看了二三十分钟，她走进图书室。看样子她原以为里面空无一人，见到我正坐在窗台边看书显得有些惊讶。我略一踌躇，吸口气朝她点头。她也点头致意。她身上穿的同早餐时一样。

她找书的时间里，我继续默默看书。她以一如清晨时的那种"咯噔咯噔"令人快意的足音在书架间走来走去。安静了一阵子，之后又是"咯噔咯噔"的足音。隔着书架看是看不见，但足音告诉我她未能找到合意的书。我不禁苦笑，这间图书室哪会有引起女孩子兴趣的书呢！

不久，她似乎放弃了找书的念头，空着两手离开书架向我走来。足音在我面前打住时，飘来一股高雅的香水味儿。

"能讨一支烟吗？"

我从胸袋里掏出烟盒，纵向晃了两三下递向对方。她抽出一支叼在嘴里，我用打火机点燃。她如释重负地深深吸了一口，缓缓吐出，随即目光移往窗外。

凑近看来，她要比最初印象大三四岁。久戴眼镜的人一旦失掉眼镜，看大部分女人都显得年轻。我合上书，用手指肚擦眼睛，之后想用右手中指往上推眼镜腿，这才发觉没戴眼镜。没戴眼镜这点就足以让人觉得失落。我们的日常生活都是靠几乎毫无意义的细小动作的累积才得以成立的。

她不时喷一口烟，一声不响地眼望窗外。她沉默的时间很长，长得几乎使正常人无法忍受其沉默的重量。起初似乎想找什么话说来着，但我随后察觉她压根儿没那个意思。无奈，我开口了。

"有什么有趣的书来着？"

"根本没有。"她说。旋即闭嘴淡淡一笑，嘴唇两角略略向上挑起。"全是不知干什么用的书。到底什么年代的书呢？"

我笑道："很多是过去的风俗小说，从战前到昭和二三十年代的。"

"有谁读？"

"没谁读吧？过了三四十年还值得读的书，一百本里边也就一本。"

"为什么不放新书？"

"因为没人利用。如今大家都看大厅里的杂志，或打电子游戏，或看电视。何况也没什么人逗留时间长到足以读完一本书。"

"确是那样。"说着，她拉过旁边一把椅子，坐在上面架起腿，"你喜欢那个时代？很多事情都更从容不迫，大凡事物都更为单纯的……那样的时代。"

"不不，"我说，"并不是那个意思。果真生在那个时代，我想也还是要为之气恼的。随便说说罢了。"

"你肯定喜欢消失了的东西。"

"那或许是的。"

或许是的。

我们又默默吸烟。

"不管怎么说，"她说，"一本可读之书也没有，多少也还是个问题的。保留昔时浅淡的光辉未尝不好，但是，也要为被雨闷在房间里、电视也看腻了、不知怎么打发时间的客人着想一下嘛！"

"一个人？"

"嗯，一个人。"她看看自己的手心，"旅行时一般都一个人，不大喜欢和谁一块儿旅行。你呢？"

"的确是的。"我说。总不好说什么被女友甩了。

"如果推理小说可以的话，我倒是带来几本。"我说，"新的，中不中你的意我不知道，要看就借给你好了。"

"谢谢。不过明天下午就打算离开这里，怕一下子读不完。"

"没关系，送给你。反正是口袋本，带着又重，本想扔在这里来着。"

她再次淡然一笑，眼睛看看手心。

"那，我就不客气了。"她说。

我经常想：拿东西拿得老练也是一种伟大的才能。

她说我去取书的时间里她要喝咖啡，于是我们走出图书室移到大厅，我叫住一个似乎闲得发慌的男侍应生，要了两杯咖啡。天花板上吊着一个极大的电扇，慢腾腾地搅拌着大厅的空气，而潮湿的空气并无多大变化，无非下来上去而已。

趁咖啡没来，我乘电梯上到三楼，从房间里取了两本书折回。电梯旁边摆着三个用了很久的旅行皮箱，看情形有新客人进来。旅行箱看上去俨然是等待主人归来的三条狗。

回到座位上，男侍应生往平底杯里倒进咖啡。细细白白的泡沫泛了一层，俄尔消失不见。我隔着茶几把书递给她，她接过书看了眼书名，低声说"谢谢"——至少嘴唇是那么动的。我不知道她是否中意这两本书，但这怎么都无所谓的。什么原因我不晓得，总之我觉得对于她似乎怎么都无所谓的。

她把书摞放在茶几上，啜了一小口咖啡，啜罢放回杯子，用咖啡匙满满加了一匙精砂糖进去，轻轻搅拌，又把牛奶沿杯边细细注入。牛奶的白线勾勒出优美的漩涡，稍顷线混在一起，化为薄薄的白膜。她不出声地啜着这白膜。

手指很细、很滑。她轻捏把手来承受杯重。唯独小拇指直直地朝上竖起，既无戒指又无戒指痕。

我和她眼望窗外闷头喝咖啡。大敞四开的窗口有雨味儿进来。雨无声。无风。窗外以不规则的间隔滴落的檐水也无声。单单只有雨味儿蹑手蹑脚潜入大厅。窗外一排绣球花活像小动物一般并排承受着六月的雨。

"在此久住？"她问我。

"是啊，五天左右吧。"

对此她未置一词，感想什么的都好像没有。

"从东京来的？"

"是的。"我说，"你呢？"

女子笑笑，这回稍稍现出牙齿。"不是东京。"

无法应答，于是我也笑笑，喝口没喝完的咖啡。

如何是好呢？我拿不定主意。作为最稳妥的做法，我觉得还是三两口喝完咖啡、把杯放回杯托、再微微一笑截住话头、付款撤回房间。可是我脑袋里有什么挥之不去。时不时有此情形，解释不好，类似一种直觉。不，还没有明确到直觉那个地步。那个**什么**微弱得很，事后根本无从记起。

每当这时，我就决定不主动采取任何行动，委身于此情此景，静观事态。当然，以**未中**而告终的时候也是有的。但正如人们常说的，微不足道的小事逐渐带有重大意义的情况也并非没有。

我沉下心，喝干咖啡，深深地歪进沙发，架起腿。较量忍耐力一般的沉默仍在持续，她看窗外，我看她。准确地说，我不是看她，是看她前面一点的空间。由于没了眼镜，无法把焦点长时间定于一处。

这回对方好像多少沉不住气了，她拿起我放在茶几上的香烟，用宾馆火柴点燃一支。

"猜猜好么？"我看准火候问道。

"猜？猜什么？"

"关于你的。从哪里来的啦，做什么啦，等等等等。"

"可以呀。"她一副无可无不可的神情，把烟灰弹落在烟灰缸里。"猜吧。"

我十指在唇前合拢，眯起眼睛，做出聚精会神的样子。

"看见什么了？"她以不无揶揄的语调问。

我不予理会，继续看她。她嘴角浮出神经质的微笑，转而消失——步调多少开始出现紊乱。我不失时机地松开手，直起身。

"你刚才说不是从东京来的，是吧？"

"嗯，"她说，"是那么说的。"

"那不是说谎。但那之前一直住在东京了吧？对了……二十年左右吧。"

"二十二年。"接着，她从火柴盒取出一根火柴，伸手放在我面前。"你先得一分。"她吐了口烟，"有趣有趣，接下去。"

"那么着急是做不来的。"我说，"要花时间。慢慢来好了。"

"好的好的。"

我又佯装全神贯注，装了二十秒。

"你现在居住的地方，从这里看……西边吧？"

她把第二根火柴摆成罗马数字 Ⅱ。

"不赖吧？"

"神机妙算。"她心悦诚服地说，"行家？"

"在某种意义上。类似行家吧。"我说。的确如此。只要具有语言基础知识和能听出语调微妙区别的耳朵，这点事就不在话下。就观察如此人等而言，我未尝不可以说是行家里手，问题是往下如何。

我决定从初步的入手。

"独身吧？"

她把左手指尖搓了一会，摊开手道："戒指么……不过算了。

三分。"

三根火柴在我面前排成Ⅲ形。在此我又停顿片刻。形势不坏，只是头有点痛。干**这个**总是头痛，佯装聚精会神的关系。说来滑稽，佯装聚精会神同真正聚精会神同样累人。

"还有？"女子催促道。

"钢琴从小开始练的吧？"

"五岁的时候。"

"专业性质的吧？"

"倒不是音乐会上的钢琴手，可也算是专业的。半是靠教钢琴吃饭。"

第四根。

"何以晓得？"

"行家是不点破手法的。"

她嗤嗤地笑，我也笑。不过底牌亮出的话也简单得很：专业钢琴手总是下意识地做出特殊的手指动作，而且观察其指尖的叩击方式——哪怕叩击早餐桌——也能看出专业和业余的区别。过去我曾同弹钢琴的女孩交往过，这点儿事还是明白的。

“一个人过吧？”我继续道。没有根据，纯属直觉。预热阶段大致过去，一点直觉赶来助阵了。

她不无淘气地把嘴唇往前噘起，又拿出一根火柴，斜放在四根之上。

不觉之间雨变小了，须凝目细看方可看出下还是不下。远处传来车轮碾咬沙砾的声响——海滨通往宾馆的坡路有车上来了。在前台待命的两个男侍者听得声响，大踏步穿过大厅，到门外迎接客人，一人拿一把大大的黑伞。

不大工夫，门前宽大的停车檐前出现一辆黑漆出租车。客人是一对中年男女。男士身穿奶油色高尔夫球裤和咖啡色外衣，戴一顶窄边礼帽，没打领带，女士一身质地光滑的草绿色连衣裙。男方身材魁梧，已经晒黑到一定程度，女方虽然穿着高跟鞋，但男方仍比她高出一头。

一个男侍者从出租车尾部的行李厢里提出两个小型旅行包和一个高尔夫球具袋，另一人打开伞朝客人遮去。男士挥手示意不用伞。看来雨几乎停了。出租车从视野中消失后，鸟们迫不及待地齐声叫了起来。

女子好像说了句什么。

"对不起？"我说。

"刚来的两个人，可是夫妻？"女子重复一遍。

我笑道："这——，是不是呢，看不出。不能同时思考很多人。想再思考一下你。"

"我，怎么说呢……作为对象很有趣不成？"

我挺起腰，叹了口气。"是啊，所有人都是同等有趣的，这是原则。但有的部分光凭原则很难解释得通，这同时意味自己身上也有难以解释得通的部分。"我试着搜索接下去的合适字眼，但未如愿，"就是这样。解释得有些啰哩啰嗦……"

"不大明白啊。"

"我也不明白。反正接着来吧。"

我在沙发上坐好，十指重新叉在唇前。女子仍以刚才的姿势注视着我。我面前已齐刷刷地排出了五根火柴。我做了几次深呼吸，等直觉返回。不必是举足轻重的东西，一点点暗示即可。

"你一直住在带大院子的房子里吧？"我说。这个简单。只要看她的穿戴和举止，就知其有良好教养，而且把孩子培养成一个钢琴手要花相当一笔钱。还有声音问题，不可能把大钢琴放到密集型住宅区。住在带大院子的房子里毫不奇怪。

但如此说罢那一瞬间，我有了一种不可思议的击中感。她的视线冻僵似的对着我。

"嗯，的确……"说到这里，她有点困惑，"住的的确是带大院子的房子。"

我觉得关键在于**院子**这个场所，于是决定试着深入一步。

"关于院子有什么回忆对吧？"我说。

她默然地看自己的手，看了许久，实在看了许久。及至抬起脸时，她已找回了自己的步调。

"这么问怕不公平吧？不是么，长期住带院子的房子，关于院子任凭谁都要有一两个回忆的，是吧？"

"确实如此。"我承认，"那就算了，说别的好了。"

我再没说什么，头转向窗外，眼望绣球花。连日不停的雨将绣球花的颜色染得甚为明晰。

"对不起，"她说，"这点我想再多听一听。"

我叼烟擦燃火柴。"不过那是你的问题。这点你本身不是比我知道得更详细吗？"

香烟燃烧了一厘米，这时间里，她只管沉默着。烟灰无声地落进烟灰缸。

"你能看见什么样的……怎么个程度的情形呢？"她问。

"我什么也看不见，"我说，"假如灵感是这个意思的话。我一无所见，准确说来只是**感觉**，同摸黑踢东西一个样。那里有什么自是晓得，至于什么形状什么颜色却无从得知。"

"可你刚才说了自己是行家啊！"

"我在写文章，访谈录啦、通讯报道啦，反正这类东西。文章是没什么价值，但毕竟是观察人的工作。"

"原来这样。"她说。

"那么就到此为止吧。雨也停了，天机也泄露完了。来瓶啤酒什么的吧？也算感谢你陪我消磨时间。"

"可是为什么偏偏出现**院子**呢？"她说，"其他任凭多少都该有想得到的嘛，是吧？为什么单提**院子**？"

"偶然。一来二去之间，有时候是会偶尔碰上真货的。若是惹你不快，道歉就是。"

女子微笑道："哪里。喝啤酒吧！"

我朝男侍示意，要了两瓶啤酒。茶几上的咖啡杯和糖壶被撤下，烟灰缸换了新的，随之上来啤酒。玻璃杯冷冻得很彻底，四周挂满白霜。女子往我杯里倒啤酒。我们略略把杯举起，象征性地干杯。冰啤酒通过喉咙时，颈后的凹坑竟针扎一般痛。

"你经常……做这种游戏？"女子问，"说游戏怕不合适？"

"是游戏。"我说，"偶一为之。不过倒是相当累人的。"

"那又何苦？为了证实自己的能力？"

我耸耸肩："跟你说，这算不得什么能力。我既不是为灵感所诱导，也不是讲述普遍真相，只不过把眼睛看到的事实作为事实说出来罢了。就算是有什么比这更厉害的，那也不值得称为能力。刚才也说了，我仅仅是把黑暗中隐隐约约感觉到的变成含含糊糊的话语而已。纯属游戏。而能力是截然有别的东西。"

"假如对方并不觉得是纯属游戏呢？"

"你的意思是说，如果我无意间把对方身上某种不必要的什么牵引出来的话？"

"啊，大致。"

我边喝啤酒边思索。

"很难认为会发生那样的情况。"我说,"万一发生了,那恐怕也不能说是什么特殊事件,而是所有人际关系中日常发生的事,不是吗?"

"是啊,"她说,"可能真是那样。"

我们默默地喝啤酒。差不多该到撤离的时候了。我已筋疲力尽,头痛也逐渐加剧。

"回房间躺一会。"我说,"我觉得自己总是多嘴多舌的,每每后悔不已。"

"没关系,别往心里去。开心得很。"

我点头站起,正要拿茶几边上的账单,她迅速伸手按在我手上。手指很长,滑溜溜的,不凉也不热。

"让我付。"女子说,"让你累得够呛,又拿了书。"

我略一迟疑,再次确认她手指的感触。

"那,让你破费了。"我说。

她轻轻抬手。我点点头。我这侧茶几上仍然整齐地排着五根火柴。

我径直朝电梯那边移步，那一瞬间有什么拦住了我——是我最初在她身上感觉出的**什么**。我还没有完全解决它。我停住脚愣了片刻，终于决定把它解决掉。我折回茶几，站在她身旁。

"最后问一点可以么？"我说。

她有些吃惊地扬脸看我："嗯，可以的，请。"

"你为什么总看右手呢？"

她条件反射地把目光落于右手，随即抬头看我，表情仿佛从她脸滑落了似的不知去向。刹那间一切都静止了。她把右手扣在茶几上，手背朝上。

沉默如针一样锐利地刺着我。四周空气骤然一变。我在哪里受了挫，但我不晓得我道出口的台词到底什么地方有错，因此也不知道应如何向她道歉，只好双手插兜站在那里不动。

她以原有姿势目不转睛地凝视着我。良久，她转开脸，目光落在茶几上。茶几上有空啤酒杯和她的手。看上去她确实希望我消失。

*

醒来时，床头钟针指六点。空调机失灵，加之做了个分外活龙活现的梦，出了一身汗。从意识清醒过来到手脚自如竟花了相当长时间。我像条鱼一样躺在热烘烘湿乎乎的床单上望着窗外的天空。雨早已停止，遮蔽天空的淡淡的灰云到处现出裂缝。云随风走，缓缓穿过窗口，但见云隙不断微妙地改变其形状。风自西南吹来。随着云的飘移，蓝天部分急速扩大。静静望天的时间里，发现其色调已不再那么透明，遂不再望。总之天气正在恢复。

我在枕头上弯起脖子，又一次确认时间：六时十五分。但我搞不清是晚上六时十五分还是早上六时十五分。既像是傍晚，又像是清晨。打开电视自然立见分晓，却又没心绪特意走去电视那里。

大概是傍晚，我暂且这样判断。上床时三点已过，总不至于睡十五个钟头。但那终究是**大概**，并无任何证据说明我就没睡十五个钟头，就连没睡二十七个钟头的证据也没有。如此想来，不由十分伤感。

门外有谁说话，听那口气，似乎是谁对谁在发牢骚。时间流得极为缓慢。思考问题所花的时间格外之长。喉咙干渴得要命，而得知是干渴竟费了半天时间。我拼出全身力气翻身下床，一连喝了三杯壶里的冷水。杯里的水有一半顺着前胸落地，把灰地毯染成深色。水的清凉仿佛一直扩展到脑**核**。随后我点燃一支烟。

往窗外看去，云的阴影似乎比刚才浓了几分。仍是傍晚，不可能不是傍晚。

我叼着烟，光身走进浴室，拧开淋浴喷头。热水出声地拍打浴缸。旧浴缸，到处都像有**裂缝**，金属件也黄成了同一颜色。

我调好水温，坐在浴缸沿上怅怅地看着被排水孔吸进去的热水。不久烟吸短了，便摁进水里熄掉。四肢酸软得什么似的。

但我还是冲了淋浴，洗了头发，顺便刮了胡须，心情多少有所好转。之后推窗放进外面的空气，又喝了一杯水，擦干头发，看电视新闻。仍是傍晚，没错。不管怎么说都不至于睡十五个小时。

去餐厅吃晚饭，四张餐桌已有人凑了上去，睡前到的那对中年男女也露面了，另外三桌由西装革履的初老男人占据。远远看去，他们衣着打扮大同小异，年纪也大同小异，感觉上似乎是律师或医生的聚会。在这宾馆里还是第一次见到团体客人。但不管怎样，他们给餐厅带来了应有的生机。

我坐在早上那个靠窗座位，看食谱前先要了杯不掺水的苏格兰威士忌。舔威士忌的时间里，脑袋多少清爽起来。记忆的残片被一片接一片埋进相应的场所——连续三天雨，早上到现在只吃了一盘煎蛋卷，在图书室遇上一个女子，眼镜打坏了……

喝完威士忌，我扫了一遍食谱，点了汤、色拉和鱼。食欲虽然照旧没有，可也不能一天只吃一盘煎蛋卷。点罢菜，喝口冷水把嘴里的威士忌味儿消掉，之后再次环视餐厅。还是没有那个女子的身影。我舒了口长气，同时也颇有些失望。自己也搞不清是不是想再见一次那个年轻女子。怎么都无所谓。

接着，我开始想留在东京的女友。同她交往几年了呢？一算，两年三个月了。两年三个月总好像是个不好分界的数字。认真想来，说不定我同她多交往了三个月。可是，我中意她，不存在任何——至少我这方面——分手的理由。

也许她会提出分手。想必会提出。对此我何言以对呢？算了，这种事怎么考虑都很傻气。就算我中意什么，那东西也无任何意义。我中意去年圣诞节买的开司米毛衣，中意干喝高档威士忌，中意高高的天花板和宽宽大大的床，中意吉米·奴恩（Jimmie Noone）的旧唱片……总之不过如此而已。我足以吸引她的证据却是一个也没有。

想到同她分手另找新女孩，我一阵心烦——一切的一切都要从头开始。

我喟叹一声，什么都不再往下想。无论怎么想，事情该怎么样还是怎么样。

天完全黑了下来。窗前，海如黑布一般横陈开去。云层已七零八落，月光照着沙滩和白亮亮地摔碎的波浪。海湾那边，轮船的黄色灯光扑朔迷离。衣着考究的男士们一桌桌斜举葡萄酒瓶，或侃侃而谈或高声朗笑。我独自默默吃鱼。吃罢，唯鱼刺剩下。奶油汤用面包蘸着吃得干干净净。之后又拿刀把鱼头刺和鱼身刺分开，平行摆在已变得雪白的盘子上。谈不上有什么意思，只是想这样做。

不久，盘子撤下，咖啡端来。

开房门时，有纸片掉在地上。我用肩膀顶开门，拾起纸条。带宾馆标记的草绿色便笺上用黑圆珠笔写着小字。我关门坐在沙发上，点上一支烟，开始看便笺：

　　白天很抱歉。雨也停了，不去散步解解闷儿？如果可以，九点我在游泳池等您。

喝完一杯水，又看了一遍。一样的语句。

游泳池？

这宾馆的游泳池我很清楚，在后面山丘上。游是没游，但看过几次。池很大，三面环树，一面可以俯视海。至少据我所知，那并非适合于散步的场所。想散步，海边有几条合适的路。

钟指在八时二十分。但不管怎样，事情并不令人烦恼。有人约见我，见就是了。倘场所是游泳池，反正就是游泳池。明天我就不在这里了。

我给总台打电话，说有事明天要回去，剩下一天订房请取消。对方说明白了。问题一个也没有。我从立柜和衣橱里取出衣服，整齐地叠好放进旅行箱。比来时少了书的重量。八时四十分。

乘电梯下到大厅，走到门外。静悄悄的夜，除了涛声一无所闻，潮润润的西南风迎面吹来。回头往上看，建筑物的几个窗口已透出黄色灯光。

我把运动衫袖口挽到臂肘，双手插进裤袋，沿着铺满细沙的徐缓的坡路朝后面山丘爬去。及膝高的灌木丛沿路排开，高大的榉树遮天蔽日地展开初夏水灵灵的枝叶。

从温室往左一拐有段石阶。石阶相当长，又陡。大约爬了三十阶，来到游泳池所在的山丘。八时五十分。女子没见影子。我喘了口粗气，打开靠墙立着的帆布折椅，确认不湿之后，弓身坐在上面。

游泳池的照明灯已经熄了，但由于山腰有水银灯和月光，所以并不黑。游泳池有跳台，有安全监视台，有更衣室，有饮料亭，有供人晒太阳的草坪。监视台旁边堆着泳道隔绳和浮板。到游泳旺季还要等几天，却满满灌了一池子水，想必是要进行检查。水银灯和月光各占一半的光亮将池面染成奇妙的色调，正中间漂浮着死蛾和榉树叶。

不热也不冷。微风轻轻摇曳树叶。吸足了雨水的绿色树叶向周围散发着清香。的确是个心旷神怡的夜晚。我把帆布折椅靠背几乎水平地放倒，仰面躺下，对着月亮吸烟。

女子来时，时针大约转过九时十分。她脚上一双白凉鞋，身穿正贴身的无袖连衣裙，连衣裙的颜色蓝里透灰，带有不近前细看几乎看不出的粉红色细条纹。她是从同入口正相反一侧的树木间出现的。我因一直注意入口那边，以致她已经出现在视野一角，我都好一会没觉察到。她沿着长长的池边姗姗地朝我走来。

"对不起，"她说，"来半天了，没想到在那边散步时迷了路，把丝袜都刮破了。"

她在我旁边同样打开帆布折椅坐下，把右腿肚转向我。丝袜腿肚正中间绽了一条线，长约十五厘米。身体前倾时，从开得很低的领口闪出白皙的乳房。

"白天真是抱歉，"我道歉说，"没什么恶意的。"

"啊，你说那个？那个已经可以了。忘掉好了，也没有什么的。"说着，女子把手心朝上齐齐地放在膝头。"夜色美妙至极，不是吗？"

"是啊。"

"喜欢一个人也没有的游泳池，静悄悄的，一切都停止不动，像是什么无机质……你呢？"

我眼望池面掠过的微波细浪。"倒也是。不过在我眼里有点像死人似的，也许是月光的关系。"

"死尸？见过？"

"嗯，见过。溺死者的尸体。"

"什么感觉？"

"像悄无人息的游泳池。"

她笑了。一笑，两眼角聚起了**皱纹**。

"很久以前见到的，"我说，"小时候。被冲上岸的。虽是溺死者，尸体倒蛮够漂亮。"

她用手指捅了捅头发的分缝。看样子刚洗过澡，头发一股洗发水味儿。我把帆布折椅靠背往上调到和她同一高度。

"喂，你养过狗？"女子问。

我有点惊讶，目光落在她脸上。稍顷，将视线重新投回池面。"没有，没养过。"

"一次也没有？"

"嗯，一次也没有。"

"讨厌？"

"麻烦。又要遛，又要一起玩耍，又要做吃的东西，这个那个的。也不是怎么讨厌，只是觉得麻烦。"

"讨厌麻烦啰？"

"讨厌那一类麻烦。"

她似乎在默然思考什么，我也没作声，榉树叶随风在池面上慢慢滑行。

"以前养过马尔济斯犬，"她说，"小孩子的时候。求父亲买的。父母就我一个孩子，我没有朋友，又不愿意说话，就想有个玩的对象。你有兄弟？"

"有哥哥。"

"哥哥可好？"

"这——，怎么说呢，已经七年没见了。"

她不知从哪里掏出烟来，吸了一支，继续讲马尔济斯犬。

"总之，狗全部由我照料，八岁的时候。喂食、收拾粪便、遛、领去打针、抹跳蚤粉，全部包揽下来，一天也没断过。同一张床上睡，洗澡时也一起……这样一起过了八年，要好得很。我明白狗想什么，狗也知道我想什么。比如早上出门时说'今天给你买冰淇淋回来'，那天傍晚它就在离家百米远的地方等我。另外……"

"狗吃冰淇淋的？"我不由问道。

"吃的，当然。"她说，"那可是冰淇淋哟！"

"那是。"

"另外，在我伤心或情绪低落时，它还总是安慰我，做各种各样的动作，明白？非常要好，好得不能再好。所以八年后它死时，我真不知道该怎么办，不知如何活下去。我想狗那方面也是同样，假如反过来我先死了，它也会这样觉得的。"

"死因是什么呢？"

"肠梗阻。毛团堵在肠子里，肚子胀鼓鼓的，瘦得嘎巴嘎巴的死了。痛苦了三天。"

"给医生看了？"

"嗯，当然看了。但是晚了。知道晚了我就把它领回家，让它死在我膝头。死时一直看我的眼睛，死后也……看着。"

她像轻轻抱起看不见的狗似的，双手在膝头轻轻朝内侧弯曲。

"死后过了四小时开始变硬。温度渐渐离开身体，最后变得石头一样硬邦邦的……就那样完了。"

她盯着膝头的手，沉默有顷。我不知道往下如何展开，犹自眼望池面。

"尸体埋在了院子里,"她继续道,"院角的棣棠树旁边。父亲给挖了个坑。五月的夜晚。坑不太深,大约七十厘米。我用自己最珍爱的毛衣把狗包起来放进木箱,威士忌箱或别的什么箱子。里边还装了好多东西:我和狗一起照的相、狗食、我的手帕、经常一起玩的网球、我的头发,还有存折什么的。"

"存折?"

"嗯,是的,银行的存折。很小的时候开始存的,估计有三万日元。狗死时候太悲痛了,觉得钱也好什么也好都用不着了,就埋了起来。另外恐怕也有通过埋存折来完整地确认自己的悲痛的心情。如果去火葬场的话,想必就一起烧了。实际上也是那样好……"

她用指尖蹭了下眼圈。

"那以后不知不觉过了一年。非常寂寞,就像心里一下子开了个空洞,但还是活了下来。那倒也是,再怎么样,也没有人因为狗死了而自杀。

"总而言之,对我来说那也是个小小的转折期。就是说——怎么说好呢——是闷在家里不声不响的少女开始睁眼看外面的时期。

因我自己也隐约明白了长此下去是没办法活到久远的将来的。所以，如今想来，狗的死在某种意义上也是一个象征性事件。"

我在帆布折椅上坐直身体，仰首看天。几颗星星蹦了出来，看来明天是好天气。

"嗳，这话够枯燥的吧？"她说，"很久很久以前，有个沉默寡言的少女——无非这样的故事。"

"没什么枯燥的，"我说，"只是想喝啤酒。"

她笑了，把搭在椅背上的脑袋转向我。我和她之间相隔不到二十厘米。每当她深呼吸时，其形状姣好的乳房便在帆布折椅中上下摇颤。我重新看游泳池。她看着我，半天没有出声。

"总之，"她继续下文，"我开始一点点融入外面的世界。当然一开始并不顺利，后来多少有了朋友，上学也不像以前那么难受了。我只是搞不清：那是由于狗死了的缘故呢，还是说即使狗活着最后也仍要那样呢？试着想了几次，终究都没想明白。

"到十七岁那年，我遇到了一点麻烦事。细说起来话长，总之是关于我最要好的朋友的。简单说来，她父亲由于出什么问题被公司解雇了，学费支付不起。她全跟我说了。我上的学校是私立女校，学费相当高。再说你也知道，女校里女孩子向别人说出一切，对方是不能一听了之的。即使不考虑这个因素，我也觉得十分不忍，很想帮她一点，哪怕钱再少。但没有钱……那，你猜怎么着？"

"把存折挖了出来？"我说。

她耸耸肩："别无他法。我也相当犹豫来着。但越想越觉得好像该那样做。不是吗？一边是一筹莫展的朋友，一边是死去的狗。死去的狗是不需要什么钱的。若是你怎么办？"

我不知道。我既没有一筹莫展的朋友，又没有死去的狗。我说不知道："那，可是一个人挖出来的？"

"嗯，是的，一个人挖的。也不好跟家里人说。父母不晓得我把存折埋了进去，挖之前必须先解释埋的原因……明白吧？"

我说明白。

"趁父母出门，我从仓库里拿来铁锹，一个人挖了起来。下过雨，土很软，没怎么费力。呃——，前后花了十五六分钟吧。挖着挖着锹尖碰上了木箱。木箱没有预想的那么旧，感觉上就像一个星期前刚埋的。本来觉得埋很久很久了……木板白得厉害，真的像刚刚入土似的，原以为过了一年就变得黑乎乎了呢。其实是怎么都无所谓的事，可是我总觉得应该有点差别才是。接着拿来起钉器……打开盖子。"

我等待着下文。没有下文。她把下巴稍稍向前探起，默然无语。

"往下怎么样了？"我提醒道。

"打开盖子，拿出存折，又合上盖子，把坑埋上。"她说。接着又是一阵沉默，空漠的沉默。

"有什么感觉了？"我问。

"六月间一个阴沉沉的午后，雨不时星星点点地落下。"她说，"无论屋里还是院子都悄无声息。虽说下午三点刚过，却像傍晚似的。天光很弱，模模糊糊的，很难把握距离。记得一根一根起箱盖钉子时，家里电话铃响了。铃一次一次一次又一次——响了二十次。二十次哟！响声就像有人在长走廊里慢慢走动，从某个角落出现，又消失在另一角落似的。"

沉默。

"打开箱盖，看见了狗的脸，不能不看。埋时包狗的毛衣掀起来了，前肢和头露了出来。因为横躺着，鼻子牙齿耳朵都看见了。还有照片、网球、头发……等等。"

沉默。

"当时最让我意外的，是自己一点都不害怕。为什么不知道，反正一点都不怕。要是那时多少害怕一点，说不定更好受些，我觉得。也不是说必须害怕，但至少感到难过或伤心什么的也好。但是……什么也没有，什么感情也没有，简直就像去信箱取回报纸，感觉上。就连是不是真的、真真正正做了那件事都说不确切。肯定是因为很多很多事都记得太清楚了，肯定。单单只有气味永远剩了下来。"

"气味？"

"存折沁入了气味。不知该怎么说好，反正……一股味儿、气味。拿在手上，手也有气味，怎么洗也洗不掉，怎么洗都没用。沁到骨头里去了。至今……是啊……是这么回事。"

她把右手举到眼睛那儿，对着月光。

"归根结蒂，"她说，"一切都白费劲了，什么用也没有。沁入存折的味儿太厉害了，也没拿去银行，烧掉了。事情就这样结束了。"

我叹息一声，不知道该怎么谈感想。我们默然无语，各自看不同的方向。

"那么，"我说，"朋友怎么样了？"

"最终没有退学，实际上也没缺钱缺到那个地步。女孩子的话都是那样，习惯于把自己的处境想得格外凄惨。傻气透顶！"她又点上一支烟，看着我，"不过别再说这个了。你是第一个听我说这事的，往后我想不会再说了，毕竟不是对谁都能说的事。"

"说完多少轻松些了？"

"是啊，"她微微一笑，"觉得好受多了。"

我踌躇了很长时间，几次想把**那个**说出口，都转念作罢。又是一阵踌躇。已很久没这么踌躇过了。我用手指肚久久地敲着帆布折椅的扶手。想吸烟，烟盒已经空了。她臂肘挂着扶手，一直望着远处。

"有一个请求。"我一咬牙开口道，"如果惹你不高兴，我表示歉意，就请忘掉好了。但我总觉得……恐怕还是那样做好些。一时表达不好。"

她依旧手托下巴，看着我说："没关系，说说看。如果我不中意马上忘掉就是，你也马上忘掉——这样可以吧？"

我点点头："能让我闻闻你手上的气味么？"

她以恍惚的眼神看我，手仍然托着下巴，随后合目几秒钟，用手指揉了一下眼皮。

"可以的，"她说，"请！"她把托下巴的手拿开，伸到我面前。

我拿起她的手，像看手相那样把手心对着自己。气力完全从她手上退去，纤长的手指极为自然地稍稍朝内侧蜷起。我把手合在她手上，不由想起自己十六七岁时的事。接着我弯下腰，把鼻尖轻轻碰在她手心上。一股宾馆里的香皂味儿。我掂量了一会她手的重量，之后悄悄放回连衣裙膝头。

"怎么样？"她问。

"只有香皂味儿。"我说。

*

和她道别后，我返回房间，又给女友打了次电话。她没接，唯独信号音在我手中一遍又一遍响个不停。一如上次，但这也无妨。我让几百公里外的电话铃反反复复发出响声。现在我可以清楚地感觉到她就在电话机前。她确实在那里。

　　我让铃响了二十五遍，然后放回听筒。夜风摇曳着窗边薄薄的纱帘，涛声也传来了。我再次拿起听筒，重新拨动号码盘，慢慢地拨。

悉尼的绿色大街

1

悉尼的绿色大街，并不如你从这名字上所想象的——我猜想你难免这样想象——那么漂亮。先不说别的，这条大街上一棵树——哪怕一棵——也没有。没有草坪没有公园没有饮水点，却取名为"绿色大街"（Green Street）。至于原因，那就只有天晓得了。天都可能不晓得。

直言不讳地说，绿色大街即使在悉尼也是最**煞风景**的街。狭窄、拥挤、污秽、寒伧、破败、环境恶劣、一股难闻味儿。且气候差劲儿：夏天冷得要命，冬天热得要死。

"夏天冷得要命冬天热得要死"这说法是有些奇怪。因为，就算南半球和北半球季节相反，作为现实问题也应该热的是夏天，冷的是冬天。也就是说，八月是冬天，二月是夏天。澳大利亚人都如此认为。

但是，作为我却不能把事情想得这么简单，因为这里边有一个大问题：季节究竟是什么？也就是说，是到十二月就是冬天呢，还是变冷了是冬天呢？

"那还不简单，变冷了不就是冬天吗！"或许你会这样说。不过且慢，如果说变冷了就是冬天，那么到底摄氏多少度以下是冬天呢？假如隆冬时节一连有几天暖洋洋的日子，莫非就该说"变暖了就是春天"不成？

喏，糊涂了吧？

我也糊涂。

可是我认为"冬天就必须冷"这一想法未免过于片面。所以，即便为了打破周围人的僵化观念，也要把十二月至二月称为冬天，将六月至八月唤作夏天。而这样一来，就成了冬天热夏天冷。

结果，周围人都认为我是怪人。

不过也罢，随别人怎么看好了。还是说绿色大街吧。

2

前面也说了，悉尼的绿色大街即便在悉尼也是**最煞风景**的街，没准在南半球都是**最煞风景**的。就说现在吧，在这十月里的一个下午，我正从位于一座大厦三楼的事务所窗口，往下打量绿色大街大约正中间那里。

看见什么了？

看见好多好多。

晒得黝黑的酒精中毒流浪汉正一条腿伸进**污水沟里**睡午觉——**或动弹不得**。

打扮新潮的无赖少年把锁链揣进夹克口袋，弄得"哗哗啦啦"地在街上游来逛去。

毛掉了一半的病猫在寻找垃圾箱。

七八岁小孩手持尖锥一个接一个猛扎汽车轮胎。

砖墙上干巴巴地沾着五颜六色的呕吐物。

所有商店都几乎落着铁闸门。人们早已对这条街忍无可忍，关起店铺逃之夭夭。至今仍营业的只有当铺、酒馆和"查莉"比萨店。

脚蹬高跟鞋的年轻女郎怀抱黑漆皮手袋，带着"咔嗒咔嗒"刺耳的足音在路上全速行进，就好像被谁追赶似的，但根本没人追赶。

两条野狗在街心擦肩而过。一条由东向西，一条由西向东。都边走边看地面，擦肩而过时头都不抬一下。

悉尼的绿色大街便是这样一条街。我常常心想，假如必须在地球的什么地方挖一个特大特大的屁股眼儿，那么场所就非这里莫属了——这就是悉尼的绿色大街。

3

我在悉尼的绿色大街开事务所，当然有其相应的理由的。不是因为穷。这里的房租固然便宜到极点，可是我不缺钱，不仅不缺，简直多得花不过来，足可以一股脑儿买下悉尼繁华大街上的十幢十六层高的新大楼，甚至最新式的航空母舰连同五十架喷气式战机都不在话下。反正钱多得一看都心烦。毕竟父亲是淘金王，两年前给我扔下全部财产死了。

钱派不上用场，统统放进银行，这下利息都用不完，所以又把利息也放进去，结果是利上生利，一想都烦得不行。

我所以在悉尼的绿色大街开事务所，是因为只要我在这里，熟人什么的就一个也不会找来。正经人断不至于来什么悉尼的绿色大街，大家都怕这条街怕得要命。因此，既没有亲戚来絮絮叨叨说三道四，又没有喜欢指手划脚的朋友来访，眼睛专盯着钱的女孩也不会来。既没有律师顾问来商量财产如何运作，又没有银行行长来寒暄致敬，劳斯莱斯的推销员也不至于抱着一堆宣传资料来敲门。

没有电话。

来信一撕了之。

安安静静。

4

我在悉尼的绿色大街开私家侦探事务所，就是说我是私家侦探。招牌上这样写道：

私家侦探，收费低廉

但只受理有趣之案件

招牌用平假名[1]写当然有其道理，因为悉尼的绿色大街上认得汉字的人一个也没有。

事务所是六张榻榻米大小的房间，脏得一塌糊涂，墙壁和天花板到处是令人讨厌的黄斑。门安得差劲儿，开了很难关上，关了又不易打开。门玻璃上写有"私家侦探事务所"字样。门拉手上挂有一块正反两面分别写有"在"与"不在"的牌子，"在"朝外时我在事务所，"不在"朝外时我外出。

不在事务所时的我或在隔壁睡午觉，或在比萨店一边喝啤酒一边同女服务员闲聊，非此即彼。"查莉"是个比我小几岁的可爱的女孩，有一半中国血统。虽说悉尼城很大，但一半是中国血统的女孩，除了"查莉"没第二个。

我非常喜欢"查莉"。估计"查莉"也喜欢我，究竟如何不得而知。别人想什么我哪里晓得。

"私家侦探什么的可有得赚？""查莉"问我。

"不赚。"我回答，"有得赚不就是说有钱进来么！"

"好个怪人。""查莉"说。

1　日文字母的一种。原文是用平假名写的。

"查莉"不知道我是大阔佬。

5

挂出"在"的牌子时，我大体坐在事务所的人造革沙发上边喝啤酒边听格伦·古尔德（Glenn Gould）的唱片。我特别喜欢格伦·古尔德的钢琴，光他的唱片就有三十八张。

早上第一件事就是把六张唱片放在自动转换唱机上，绵绵不断地听格伦·古尔德，喝啤酒。格伦·古尔德听腻了，有时放平·克劳斯贝（Bing Crosby）的《银色圣诞》（White Christmas）。

"查莉"喜欢《AC/DC》。

6

说是"私家侦探所"，但几乎没什么顾客。悉尼绿色大街的居民压根儿没想到要花钱解决什么，况且他们要解决的问题实在太多，给人的感觉似乎与其一个一个解决，还不如相互协调来得快。总而言之，悉尼的绿色大街对于私家侦探来说决不是容易活命的地方。

偶尔，在"收费低廉"字样的吸引下也有客人赶来，但大部分——当然是对我而言——都是无聊透顶的案件。

什么"我家的鸡两天只生一次蛋是怎么回事"啦，什么"每天早上我家牛奶都被偷走请把犯人逮住"啦，什么"朋友借钱不还请跟他好好说说叫他还回"啦，如此不一而足。

此类无聊委托我统统一推了事。还用说，我又不是为了照看谁家的小鸡、牛奶和催还几个小钱才当私家侦探的！我所追求的是更富有戏剧性的要案，比如身高两米的镶着蓝色假眼的大管家开着黑漆高级轿车跑来说"为了保护伯爵千金的红宝石您能助以一臂之力吗"，要这等事件才行。

可是澳大利亚没有什么伯爵千金，休说伯爵，子爵男爵也没一个。伤透脑筋！

这么着，我每天每天都闲得发慌。或剪指甲，或听格伦·古尔德的唱片，或修理已成古董的自动手枪，或在比萨店同"查莉"聊天，以此消磨时光。

"你别干什么**私家侦探**了，干点正经事儿如何？""查莉"说，"印刷工什么的。"

印刷工？那也不坏，我想，和"查莉"结婚当印刷工，不坏不坏。

但时下我仍是私家侦探。

7

一副羊模样的小个子男人从门口进来是在星期五下午。羊模样小个子一闪进屋，先确认是否有人盯梢，然后关门。门很难关严，我上前帮忙，两人一起把门关好。

"您好！"小个子说。

"您好！"我应道，"您是……"

"请叫我**羊男**好了。"羊男说。

"初次见面，**羊男**先生。"

"初次见面。"羊男说，"您是**私家侦探**吧？"

"是的，我是私家侦探。"说罢，我关掉唱机，把格伦·古尔德的《创意曲》放回唱片架，收拾了空啤酒罐，把指甲钳扔进抽屉，劝羊男坐在椅子上。

"我在找私家侦探。"羊男说。

"原来这样。"

"但不晓得去哪里才能找到。"

"呃呃。"

"在拐角那个比萨店提起来，那个女的告诉我来这里就行。"

是"查莉"。

"那么羊男先生，"我说，"请把事情说给我听听。"

8

羊男身穿羊皮罩衣。虽说是罩衣，但不是用粗纹布做的，而是地地道道的羊皮，尾巴和角都带着，唯独手、脚和脸的部位空缺。眼睛蒙着黑眼罩。我不明白这小子何苦非这副打扮不可。入秋到现在已有很多日子了，这副打扮肯定出汗不少，再说走起路来岂不要给小孩子们取笑？莫名其妙！

"要是热的话，"我说，"就别客气，唔——，就请把上衣脱下。"

"不不，不客气，"羊男说，"早已经习惯了。"

"那么**羊男**先生，"我重复道，"请把事情说给我听听。"

9

"其实我是想请您把我的耳朵找回来。"羊男说。

"耳朵?"

"就是我衣裳上连着的耳朵。喏,这里!"说着,羊男手指脑袋的右上端,眼珠也同时往右上端翻去,"这边的耳朵被揪掉了吧?"

的确,他的羊皮衣裳右侧的耳朵——从我这边看为左侧——被揪掉不见了。左耳好端端连着。这以前我还一次也没想过羊有怎样的耳朵。羊耳那东西应该是扁平扁平的,忽扇忽扇地往两边支出。

"所以想请您把耳朵找回来。"羊男说。

我拿起桌子上的便笺和圆珠笔,用圆珠笔头"橐橐"地敲着桌面。

"请谈一下具体情况。"我说,"被揪掉是什么时候?谁揪的?还有,你到底是谁?"

"被揪掉是三天前,羊博士揪的。还有,我是羊男。"

"得得。"

"对不起。"羊男说。

"再说详细点儿好么？"我说，"说是羊博士也罢谁也罢，我可是全然摸不着头脑。"

"那么就说详细些吧。"羊男说，"在这个世界上，也许您不晓得，生活着大约三千个羊男。"

10

"在这个世界上，生活着大约三千个羊男。"羊男说。

"阿拉斯加也好玻利维亚也好坦桑尼亚也好冰岛也好，到处都有羊男，但都不是类似秘密结社啦革命组织啦宗教团体啦那样的存在，没有会议没有会刊。总之我们仅仅是羊男，仅仅希望作为羊男过和平日子，希望作为羊男想问题、作为羊男吃东西、作为羊男成家生子。正因如此，我们才成其为羊男。您明白了？"

虽然还不大明白，但我还是"唔唔"了两声。

"可是也有几个人挡住我们的去路，其代表人物就是羊博士。羊博士的真名实姓、年纪、国籍都不知道，是一个人还是几个人也不清楚。不过，是相当上年纪的老人这点可以肯定。而且，羊博士活着的目的是揪羊男的耳朵来收藏。"

"那又何苦？"我问。

"羊博士不中意羊男的生活方式，就揪耳朵来作对，还为此欢欣鼓舞。"

"这人真是乱弹琴！"

"其实倒也不是多么坏的人，我觉得。大概是在哪里倒了霉，性格变得乖僻起来了吧。所以，作为我只要他还回耳朵就行了，不恨羊博士的。"

"好的好的，**羊男**先生。"我说，"把你的耳朵讨回好了。"

"谢谢。"

"费用一天一千日元，讨回耳朵五千日元。请预付三天费用。"

"预付？"

"预付。"我说。

羊男从胸前口袋里掏出**蛙嘴式**大钱包，抽出三张折得工工整整的千元钞票，不无悲怆地放在桌子上。

11

羊男回去后，我按平千元钞的**折痕**，放入自家钱夹。千元钞上沾满了污斑和怪味儿。然后我去比萨店，要了沙丁鱼比萨和生啤。我一日三餐都是比萨。

"总算有人求上门了？""查莉"说。

"是的，要忙啦。"我边吃比萨边说，"得找羊博士。"

"羊博士不用找的呀，就住在附近嘛。时不时来这里吃比萨呢。""查莉"说。

"住在哪里？"我吃惊地问。

"那谁知道！自己查查电话号码簿不好？你是**侦探**吧？"

我半信半疑，但为了慎重起见，还是查了电话号码簿的"羊"页。羊博士的电话号码赫然在目。羊男的电话号码也在。这世道也真是匪夷所思。

羊男（无职业）⋯⋯⋯⋯⋯⋯⋯⋯⋯⋯⋯⋯ 363—9847

羊亭（酒馆）⋯⋯⋯⋯⋯⋯⋯⋯⋯⋯⋯⋯⋯ 497—2001

羊博士（无职业） ·························· 202—6374

我掏出手册把羊博士的电话号码记下，之后喝啤酒，吃没吃完的比萨饼。看来事情将意外快地获得解决。

12

羊博士的家位于绿色大街的西头，砖结构小房子，院里开着蔷薇花，在绿色大街上算是整洁得很难找出第二家了。当然已相当旧了，也有**毛病**，但看上去起码像座房子。

我确认一下腋下自动手枪的重量，戴上墨镜，一边用口哨吹着《丑角》（Paliacci）序曲，一边绕房子转了一圈。没什么特殊之处，里边**静悄悄**的没有一点声音。窗口挂着白色花边窗帘。简直静得不能再静。很难认为里边竟住着揪掉羊男耳朵的人物。

我转到房门口。名牌上写着"羊博士"。没找错。信箱里什么也没有，只贴了一张纸，写道"报纸、牛奶等一概谢绝"。

羊博士家固然找到了，但拿不定主意往下到底该怎么办。也是找得太容易了的关系。本来应该这个那个费尽周折，绞尽脑汁再三推理之后才勉强找到，不料竟找得如此毫不费力，致使我的头脑一下子运转不灵了。这样子真个伤透脑筋。我用口哨吹着巴赫的《耶稣，世人期待的喜悦》（Jesu, meiner Seelen Woone），考虑着究竟如何是好。

最简单的是按响门铃，羊博士一出来就对他说"对不起请还回羊男耳朵"。简单之极。

就这么干。

13

我按了十二下门铃，在门前等了五分钟。没有回应。房子里依然**静悄悄**的无声无息。麻雀在院子草坪上蹦来蹦去。

正当我转念要回去时，门突然"啪"一声开了，大个头白发老人猛然闪出脸来，样子实在叫人害怕。如果可能，我真想拔腿逃回。但不能那样。

"噢——，讨厌！"老人吼道，"人家好容易睡个舒坦的午觉，你们又……"

"是羊博士吧？"我问。

"那里不是贴着纸吗？你不认得汉字？听着，报纸、牛奶等……"

"汉字认得。我不是报纸或牛奶的推销员，我是私家侦探。"

"私家侦探？一路货色！跟你没事。"说着，羊博士就要"啪"一声把门关上。我伸脚顶住。门撞在踝骨上，痛不可耐，但我忍住了没有形之于色。

"你没事可我有事。"我说。

"还不知趣？"说罢，羊博士用皮鞋尖踢我的踝骨。痛得就好像骨头都碎了，但我继续忍耐。

"冷静点谈谈吧！"我冷静地说。

"吃你的屎去！"言毕，羊博士拿起手边的花瓶狠狠地砸在我头上。万事休矣。我当即失去了知觉。

14

我梦见在井边打水。我用**吊桶**把井水打上来，倒进大**盆**里。**盆**里水满以后，**鳄鱼**赶来"咕嘟咕嘟"一口气喝干。再次水满，又一条鳄鱼赶来"咕嘟咕嘟"一口气喝干。如此反复不止。我数**鳄鱼**数到第十一条，随后睁眼醒来。

四周漆黑一团。天空星斗闪烁。悉尼的夜空着实漂亮。我倒在羊博士门前。周围鸦雀无声，钱包和自动手枪都在。

我爬起身，"啪嗒啪嗒"拍去衣服上的土，把墨镜揣进胸袋。本想再按一次门铃，无奈头痛得厉害，今天只好暂且作罢。我已经做了不止一天份额的工作：听委托人介绍情况、收预付金、把犯人堵在家里、被踢了踝骨、被砸了脑袋。其余明天继续不迟。

我顺路到比萨店喝啤酒，让"查莉"处理头伤。

"好大的肿包！""查莉"边用冷毛巾擦我的头边说，"到底怎么搞的？"

"给羊博士砸的。"我说。

"不至于吧？"

"真的！"我说，"刚按门铃做完自我介绍，就挨了一家伙花瓶。"

"查莉"独自沉思了好一会儿，这时间里我揉着脑袋喝啤酒。

"跟我来。""查莉"说。

"往哪里去啊？"我问。

"还不是羊博士那里！"

15

"查莉"一下接一下按了二十六下羊博士家的门铃。

"噢——，讨厌！"羊博士探出头来，"管他报纸牛奶还是私家侦探……"

"有什么好讨厌的，你这个傻瓜蛋！""查莉"吼道。

"喏喏喏，这不是'查莉'吗！"羊博士说。

"你用花瓶砸这个人的脑袋了？""查莉"指着我道。

"嗯，是的吧。这、这又怎么说？"羊博士说。

"怎么好那么胡来？他是我的恋人！"

羊博士一脸困惑，"咔嚓咔嚓"搔着脑袋。"那是我不好，不知道的嘛。要是知道，不会那么干的。"

我也不知道，不知道自己是"查莉"的恋人。

"啊，反正进来吧！"说着，羊博士把门整个打开。

我和"查莉"进到里边。关门时，这回是我自己撞了踝骨。真是倒霉。

羊博士把我们领进客厅，端出葡萄汁。杯子脏兮兮的，我只喝了半杯，"查莉"不管三七二十一喝个精光，连冰块也嚼了。

"你看你看，我该怎么道歉好呢？"羊博士对我说，"头还痛吧？"

我默默地点头。用花瓶狠砸人家脑袋，还有脸问什么痛不痛！

"干嘛又砸又打的嘛，简直是！""查莉"说。

"说来也是，近来我讨厌人讨厌得不行。"羊博士说，"再说卖报的卖牛奶的也的确烦人。结果见到生人就忍不住砸了起来。哎呀，都怪我。不过还年轻吧？我可是一不看报二不喝牛奶。"

"我一不是卖报的二不是卖牛奶的，我是私家侦探。"我说。

"对了对了，原来是私家侦探，忘了。"羊博士道。

16

"其实登门拜访，是想请您归还羊男的耳朵。"我说，"博士您三天前在超市收款机那里把羊男耳朵揪掉了吧？"

"那是。"羊博士说。

"请还出来。"

"不成。"

"耳朵是羊男的。"我说。

"现在是我的。"博士道。

"那就没办法了。"说着，我从腋下拉出自动手枪。我这人性子急得很。"那么我就要毙了你把耳朵带回去。"

"喂喂喂，""查莉"上来劝阻。"你这人也真是欠考虑。"她对我说。

"正是正是。"羊博士说。

我火冲头顶，险些扣动扳机。

"查莉"慌忙制止，使劲踢了我踝骨一脚，把枪一把夺走。

"你也有你的问题，""查莉"转向羊博士，"干嘛就不还羊男的耳朵？"

"耳朵绝对不还。羊男是我的敌人，下次见了还得把另一只揪掉！"

"为什么那么恨羊男呢！他不是好人吗？"我说。

"哪里有什么原因，反正就是恨那家伙，一看到他怪模怪样还活得那么洋洋自得，我就气不打一处来。"

"怨恨情结！""查莉"说。

"哦？"羊博士不解。

"唔？"我也讶然。

17

"实际上你自己也想成为羊男，却又不愿意承认这点，所以才反过来恨羊男的。"

"是吗？"羊博士显得心悦诚服，"没意识到呀。"

"你怎么晓得？"我问"查莉"。

"你俩可看过弗洛伊德和荣格？"

"没有。"羊博士道。

"遗憾。"我说。

18

"那么说，我恨的决不是羊男。"羊博士道。

"是那么回事。"我说。

"那还用说！""查莉"道。

"果真那样，我觉得自己做了一件十分对不起羊男君的事。"

"有可能。"我说。

"当然!""查莉"道。

"那意味着我该把羊男君的耳朵还给主人喽?"羊博士说。

"啊,那怕是的。"我说。

"现在马上还!""查莉"道。

"问题是已经不在这里了呀。"羊博士说,"说实话,早已经扔了。"

"扔了?……扔哪里了?"我问。

"哎呀,这……"

"快说!""查莉"大喝一声。

"唔,其实是放在'查莉'店的冰箱里。和意大利香肠混在一起。啊,歹意倒是没……"

没等羊博士说完,"查莉"就抡起手边的花瓶毅然决然地朝羊博士头顶砸去。作为我就别提有多开心了。

19

最后,我和"查莉"终于找回了羊男的耳朵。当然,找回来时耳朵已经变成褐色，沾了塔巴斯哥（Tabasco）辣酱。一位客人点了意大利香肠比萨，在那一片即将入口的瞬间我们把它扣了下来。真是险而又险。我们把耳朵上面的奶酪冲洗干净，但塔巴斯哥辣酱的污痕无论如何也弄不掉。

对于耳朵的返回羊男自是欢天喜地，但看到它已变成褐色且沾了塔巴斯哥辣酱——固然没有说出口——多少像有点失望，于是我少收了两千日元费用。"查莉"用针线把耳朵缝在衣裳上。羊男站在镜前拨动两三下，耳朵忽扇忽扇的，一副心满意足的样子。

20

顺便补充两句。羊博士幸运地变成了羊男。他每天都穿着羊男衣裳来"查莉"店吃比萨。看上去羊男／羊博士甚是幸福，这也全托了弗洛伊德的福。

21

事件解决之后，我开始和"查莉"约会。我们吃完中华料理，在闹市区的电影院看卢奇诺·维斯康蒂（Luchino Visconti）的《路德维希》（Ludwig）。黑暗中我想吻她，她用高跟鞋跟使劲踢我的踝骨，痛不可耐，嘴却未能完全张开。

"可你不是说我是你恋人么？"十分钟后我说。

"那时是那时。"

不过我想"查莉"其实喜欢我。只是，女孩子有时候好多事情都正话反说。我是那样认为的。

"对不起。"电影放完后我说。

"你还是别干什么**私家侦探**那种傻勾当了，找个像样的工作存一点钱。那样，我可以重新考虑。""查莉"说。

前面也说了，我的存款多得叫人心烦，但"查莉"不知道，我也无意告诉她。

我非常喜欢"查莉"。所以当印刷工也未尝不可。

但眼下我还是私家侦探，继续歪在悉尼绿色大街的事务所沙发上等待顾客。音箱里淌出格伦·古尔德的钢琴声——勃拉姆斯的《间奏曲》，我最喜欢的唱片。

如果你有什么问题，请在我当印刷工之前敲我绿色大街的事务所的门。收费非常便宜，而且可以讲价。**只是**，要案子有趣才行。

CHUGOKU YUKI NO SUROU BOTO

by Haruki Murakami

Copyright © 1983 Harukimurakami Archival Labyrinth

All rights reserved.

Originally published in Japan by Chuokoron-shinsha, Inc., Tokyo.

Chinese (in simplified character only) translation rights arranged with

Haruki Murakami, Japan

through THE SAKAI AGENCY and BARDON-CHINESE MEDIA AGENCY.

图字：09－2000－477 号

图书在版编目（CIP）数据

去中国的小船／（日）村上春树著；林少华译. 一
上海：上海译文出版社,2021.9
ISBN 978－7－5327－8803－3

Ⅰ.①去… Ⅱ.①村… ②林… Ⅲ.①短篇小说一小
说集—日本—现代 Ⅳ.①I313.45

中国版本图书馆 CIP 数据核字（2021）第 155688 号

去中国的小船

[日] 村上春树 著 林少华 译
责任编辑／姚东敏 装帧设计／千巨万工作室

上海译文出版社有限公司出版、发行
网址：www.yiwen.com.cn
200001 上海福建中路 193 号
上海市崇明县裕安印刷厂印刷

开本 890×1240 1/32 印张 7.25 插页 2 字数 78,000
2021 年 10 月第 1 版 2021 年 10 月第 1 次印刷
印数：0,001—8,000 册

ISBN 978－7－5327－8803－3/I · 5437
定价：52.00 元